NO EXÍLIO

Elisa Lispector

NO EXÍLIO

APRESENTAÇÃO
Benjamin Moser

PREFÁCIO
Marcia Algranti

4ª edição

Rio de Janeiro, 2024

Copyright © Herdeiros Elisa Lispector, 2004

Fotografias de Clarice Lispector © Paulo Gurgel Valente

Design de capa: Cristina Gu

Imagem de capa: Konstantin Yakovlevich Kryzhitsky, *Die Ernte*

CIP-BRASIL. CATALOGAÇÃO NA PUBLICAÇÃO
SINDICATO NACIONAL DOS EDITORES DE LIVROS, RJ

L753n
4ª. ed.

Lispector, Elisa
    No exílio / Elisa Lispector ; apresentação Benjamin Moser. prefácio Marcia Algranti - 4ª. ed. - Rio de Janeiro : José Olympio, 2024.

    ISBN 978-65-5847-144-8

    1. Romance brasileiro. I. Moser, Benjamin. II. Título.

CDD: 869.3

23-87353
    CDU: 82-31(81)

Meri Gleice Rodrigues de Souza – Bibliotecária – CRB-7/6439

Texto revisado segundo o Acordo Ortográfico da Língua Portuguesa de 1990.

Todos os direitos reservados. É proibido reproduzir, armazenar ou transmitir partes deste livro, através de quaisquer meios, sem prévia autorização por escrito.

Reservam-se os direitos desta edição à
EDITORA JOSÉ OLYMPIO LTDA.
Rua Argentina, 171 — 3º andar — São Cristóvão
20921-380 — Rio de Janeiro, RJ
Tel.: (21) 2585-2000.

Seja um leitor preferencial Record.
Cadastre-se no site www.record.com.br
e receba informações sobre nossos lançamentos e nossas promoções.

Atendimento e venda direta ao leitor:
sac@record.com.br

Impresso no Brasil
2024

APRESENTAÇÃO

BENJAMIN MOSER[*]

Durante muito tempo, tentei ver Elisa sem Clarice. A comparação era tão inevitável, e tão inevitavelmente desfavorável a Elisa, que me parecia uma questão de justiça. Era importante tentarmos ver Elisa e a obra dela por sua própria conta. Afinal — sempre pensei — podemos muito bem ver Clarice sem Elisa.

Ou não?

---

[*] Benjamin Moser é escritor e historiador estadunidense. Autor de *Clarice, uma biografia* e de *Sontag, vida e obra* (ambos publicados pela Companhia das Letras), com o qual venceu o Pulitzer, colabora em veículos estrangeiros e nacionais, como *New York Review of Books*, *Harper's Magazine* e *Quatro cinco um*.

Quando descobri *No exílio*, primeiro e melhor romance de Elisa, sabia que tinha nas mãos a chave da obra de Clarice. A vida de uma "brasileira, pronto e ponto" começara em circunstâncias que poucos brasileiros podiam imaginar: no meio de uma guerra civil e das perseguições raciais que marcaram a queda do Império Russo, e ainda da tentativa da Ucrânia de manter-se como nação independente.

Elisa, nove anos mais velha, viu tudo. Lembrou-se das noites de verão, com a casa iluminada e cheia de amigos; lembrou-se da vida da cidadezinha que, como tantas outras, ver-se-ia destruída pela calamidade que se avizinhava. Lembrou-se do medo, dos assassinatos, dos estupros, dos *pogroms*, da fome, do exílio da família em fuga. Lembrou-se da espera da família, já exilada para a Romênia, das cartas que a permitiria se juntar à família num Brasil apenas então imaginado.

Desse período, Clarice, que nasceu no meio desse desastre, não guardaria lembranças. Mas toda a sua vida ficaria marcada por essa história, que subjaz toda a sua obra.

Segundo a irmã do meio, Tania, este livro, apesar da ligeira romancização, é uma crônica fiel. E, sem ela, ficaria mais difícil, quem sabe impossível, saber de onde veio a irmã cujo gênio talvez compense, de certa forma, o sofrimento dos seus pais, com o qual este livro está repleto.

Escrito em 1948, quando Elisa tinha 37 anos, *No exílio* pulsa também com a dor, ainda palpitante, da menina Lizza. Como a própria Elisa diz, nem o sobrevivente sobrevive: ninguém passa impune por tamanha dor, uma dor que também contagia o leitor. Mas nós, leitores, também sentimos a generosidade que levou Elisa a conservar esta história.

Generosidade com os pais dela, que morreram em circunstâncias terríveis: assim ficariam recordados.

Generosidade com as irmãs e os descendentes delas: assim saberiam de onde vieram.

E generosidade, finalmente, com os leitores — nós: assim teríamos esta exortação de nos mantermos fiéis aos valores humanos —, tão essenciais hoje, e tão ausentes, como o eram então.

"Altruísmo foi a sua mensagem", está escrito na tumba de Elisa Lispector: "Alcançaste a paz afinal."

PREFÁCIO
SOBRE ELISA LISPECTOR

MARCIA ALGRANTI*

Um pedacinho de luz nos deixou no dia 6 de janeiro de 1989, aos 77 anos, provocando em mim uma forte sensação de perda e muitas lembranças: Elisa Lispector, uma tia muito querida que devotou à nossa família grande parte de sua vida, desde tenra idade.

---

* Marcia Algranti é autora de *Cozinha para homens e mulheres que gostam de seus homens*, *O jogo da comida – cozinha para adolescentes*, *A incrível aventura de Ernesto, o honesto*, *Pequeno dicionário da gula* (finalista do Jabuti), *Conversas na cozinha*, *Alerta! Sou celíaco e não sabia* e *Cozinha judaica: 5.000 anos de histórias e gastronomia* (selecionado pela *Veja* como um dos onze livros básicos e clássicos da literatura gastronômica).

Elisa, ou Leah Pinkhasovna, nascida em 1911, na aldeia de Savran, na Ucrânia, veio para o Brasil aos 9 anos com sua família: o pai, Pinkhas (Pedro) Lispector; a mãe, Marian, ou Mania, (Marieta) Lispector; e as duas irmãs, ainda muito pequenas — Tania, com 3 anos, e Clarice, com apenas 2 meses de vida. Fugiam dos pogroms, termo atribuído à lamentável perseguição aos judeus, que incluía a invasão das residências por cossacos.

Os traumas e abusos sofrido por minha avó Marian encurtaram seu tempo de vida, e sua saúde piorava a cada dia. Ao ver a mãe acamada — e triste por não poder cuidar das filhas e da casa como gostaria —, Elisa, ainda muito jovem, assumiu responsabilidades de um adulto, para que o pai pudesse trabalhar. Mas quem disse que a vida é justa?...

Apesar dos sofrimentos, como o prematuro falecimento da esposa, meu avô Pinkhas conseguiu, com muito custo, trabalhar como prestamista, como era comum aos judeus naquela época. Mesmo com todas as dificuldades, e ciente de que o estudo seria a salvação, possibilitou que as filhas estudassem em Recife e se formassem, além de fazerem aulas de piano, que o deixavam muito encantado.

Até que os Lispector se mudassem para o Rio de Janeiro, Elisa assumiu todo o trabalho doméstico, o que de certa forma lhe roubou a infância. Ainda assim, desde bem pequena estudava com muito afinco. Já no Rio, após exaustiva e constante preparação, concorreu a uma vaga de destaque no Ministério do Trabalho, tendo passado brilhantemente. Seguiu por toda a vida a carreira de servidora pública.

Para mim, filha de Tania e única sobrinha mulher de Elisa, jamais poderei esquecer sua dedicação e bondade, pois entre mil afagos e alegrias, a cada fim de ano escolar, tia Elisa me convidava para comemorar o que ela costumava chamar de "farra anual". O presente por eu ter passado de ano começava na renomada Livraria Freitas Bastos, localizada nas imediações do antigo Tabuleiro da Baiana, atual largo da Carioca, onde ela me dizia, feliz da vida: "Escolha cinco livros, os que você quiser, para levar para casa." E, depois desses mimos, nada como um belo almoço! Ao fim, pegávamos uma sessão nos cines da época, como o Palácio, o Metro Passeio ou o Plaza. Dias que levarei para sempre em minha memória.

Esquecer Elisa Lispector jamais! Sua vida merece ser conhecida pelos jovens que não a conhecem e pelos adultos que ainda não a leram.

1.

O trem corria veloz dentro da noite, devorando as distâncias, turbando o silêncio, na solidão. Depois o ruído das rodas nos trilhos, de amortecido e cadenciado, se foi tornando mais audível e distinto, a velocidade diminuindo gradativamente, até o comboio parar de todo, como se abrigando na quietude da mata, o resfolegar da máquina juntando-se ao canto dos grilos, na escuridão.

Lizza afastou a cortina da janela da cabine e olhou para fora. Na pequena estação mal iluminada e quase deserta, uns poucos funcionários sonolentos conferiam o horário dos trens e acertavam detalhes de passagens. Um jornaleiro lerdo e triste aproximou-se e apregoou, num esforço tenaz, mas sem veemência: "Olha o *Diário*! Notícia de última hora: proclamado o Estado Judeu! Quem vai ler? Olha o *Diário...*"

Lizza despertou do torpor com uma pancada no coração. Comprou um jornal, desdobrou-o febrilmente e, enquanto os olhos percorriam o noticiário, uma lassidão crescente se foi espraiando por todo o seu ser, como se uma fonte morna estivesse fluindo dentro dela e a fosse impregnando até o último desvão. Agora dir-se-ia que estava serena — serenidade demasiada para quem passara os derradeiros dias de sanatório numa ansiedade sem tréguas, acompanhando, pelos jornais e o rádio, o desenrolar dos acontecimentos de Lake Success, relativos ao problema da Palestina.

— ... Estado judeu! — ouviu alguém comentar irado, por baixo da janela do vagão. — Esses judeus...

Os passos afastaram-se e o resto da frase fragmentou-se na distância.

Lizza o ouviu sem ressentimento. Tantas foram as vezes em que escutara comentários semelhantes, que já não tinham o poder de perturbá-la. E nesse momento estava mais tranquila do que nunca. Nascia-lhe uma doce esperança nos destinos do mundo. A humanidade estava-se redimindo. Começava, enfim, a resgatar sua dívida para com os judeus. Valera ter padecido e lutado. Quantas lágrimas, quanto sangue derramado. Eles não morreram em vão.

"... não morreram em vão...", começaram a cantar as rodas nos trilhos, enquanto o trem se punha em movimento e tornava a mergulhar na imensidão.

Lizza fechou os olhos e recostou a cabeça no espaldar da poltrona. Distantes episódios ressurgiam-lhe na memória, espantosamente vívidos: fugas, desditas, perseguições.

Começou a recordar o êxodo de que participou, numa interminável noite semeada de espectros e de terror.

2.

A caravana investia na noite profunda e imensa. Não havia luar e as trevas pareciam ter a densidade do breu. O silêncio, pesado, impregnado de expectativa e de palavras reprimidas. Não se ouvia, sequer, o coaxar de rã nem espanto de pássaro.

Cercados adentro, no morno aconchego dos lares, os homens repousavam da labuta do dia, e a terra, aparentemente inerte, na letargia das energias latentes, continuava a realizar, nas profundezas de suas entranhas, o fecundo milagre da seiva e da vida.

A princípio, os emigrantes ainda ouviram o ladrar dos cães, ao longe, e o canto dos galos nas herdades espalhadas ao longo da estrada. Em breve, a estrada foi encompridando, e o ermo também. Pouco a pouco, foram-se quebrando os elos, e a estepe crescendo, à medida que aldeias e pomares, bosques e regatos iam ficando para trás.

A angústia da fuga aumentava. Sublinhavam-na o relinchar dos cavalos, o gemer das rodas, o estalar dos chicotes.

Do vertiginoso túnel do desconhecido corria, ao encontro dos viajantes, o frio vento de outono, fustigando-lhes as faces, doendo nos olhos, penetrando pelas cavidades da boca e das narinas, como a querer sufocá-los. Só havia agora o uivar dos lobos e o gemer do vento. Entretanto, mais que as intempéries e as feras, os homens temiam aqueles que a essa hora, talvez, já estivessem a espreitá--los na orla da floresta, ou na margem da fronteira a que demandavam. E muito embora pressentindo o perigo, investiam com velocidade crescente, porque o sol não tardaria a raiar, e, quando clareasse, já nenhum vestígio seu devia vislumbrar-se no descampado da planície.

Aninhada no fundo da *telega*, a filha mais nova no regaço, Marim cabeceava, aos solavancos do veículo. Junto ao seu flanco, toda enrodilhada sobre o feno, dormia profundamente a filha Ethel, de dois anos de idade. Pinkhas fitava a escuridão, do alto da boleia, e Lizza o imitava, de olhos dilatados nas trevas. Tinha uma desconfortável sensação que ignorava se de fome ou de cansaço. Bem que gostaria de deixar-se escorregar para o fundo do carro e dormir, assim como Ethel.

— Mas eu não dormirei esta noite — decidiu. Já era grande. Tinha oito anos, e queria proceder como o pai. Desejava sofrer tudo quanto os grandes sofriam.

Pinkhas concentrava toda a atenção no ritmo das patas dos cavalos, na velocidade das rodas, no tino com que os conduzia o camponês. E, por um tempo sem fim, a noite continuou a aprofundar-se e o espaço, a crescer.

Em seguida, a noite começou a esmaecer, à medida que o dia ia nascendo. A floresta grande avizinhava-se. E ele pensou que, se conseguissem transpô-la a salvo, teriam vencido, talvez, a etapa mais perigosa da jornada. Mal, porém, acabara de delinear esse pensamento, uma nuvem negra assomou na estrada. E essa nuvem cresceu, envolvente e ameaçadora. Depois fragmentou-se em muitas sombras de contornos cada vez mais nítidos, vindo a galope desenfreado, como fantasmas nascidos da bruma acre da madrugada. Gradativamente os vultos dos cossacos foram-se destacando, ao ritmo das *nagaicas* flexionadas no ar, a violência transparecendo-lhes nas feições, à proporção que se aproximavam.

Os cavalos moderaram o trote, sob mãos indecisas. A caravana ainda continuou a arrastar-se ao encontro dos cossacos, que a essa altura não havia mais como retroceder, mas seu avançar desarmado e passivo não concorreu para abrandar a fúria dos assaltantes.

À irada voz de comando, o movimento dos carros cessou de todo. Por um breve instante, ergueu-se abafado alarido, como zumbido de abelhas revoluteando no ar. Esqueciam que a reação seria inútil. Os homens falavam todos ao mesmo tempo, e gesticulavam; as mulheres torciam as mãos, em desespero. As crianças choravam, assustadas.

Instintivamente Lizza achegou-se ao pai. Nina soltou um vagido, que a mãe logo abafou, dando-lhe o seio. Ethel continuava a dormir. O velho que viajava com eles no mesmo carro começou a murmurar, em prece, palavras ininteligíveis. Tirou do sobretudo os *tsitsis*, levando-os aos lábios entre um murmúrio e outro. Logo, porém, o desespero apoderou-se também dele. Então começou a agitar as mãos trêmulas de dedos secos e murchos como gravetos nodosos. Erguia os braços, implorando e imprecando a um tempo, e lamentando-se:

— Deus, grande Deus, que será de nós? — Por um instante olvidou a Providência Divina. — As mulheres! — gritou. — Que "eles" não as vejam. — Desceu apressadamente o xale sobre o rosto da neta adolescente, postou-se à frente de Marim, e tornou a implorar e a orar.

Quando os soldados se acercaram dos viajantes, cessaram o choro, as imprecações e as preces. Todos sabiam o que os aguardava. Quedaram-se em tensão silenciosa, amontoados uns sobre os outros, como gado no matadouro.

— Ah-a! Bejentzy! — rosnou o chefe do bando, nos olhos um brilho feroz. — Desçam todos. Venha daí, cão imundo! — gritou, aproximando-se de Mordekhai, e agarrando-o pela barba.

Pinkhas deu um passo em direção ao soldado, mas Marim cortou-lhe, depressa, o impulso, segurando-o pelo braço.

— *Jid...* — ouviu-se por trás, e uma vergastada soou, seguida de um grito de dor que arranhou o espaço, precipitando a ansiedade informe dos viajantes para a certeza estagnada e dura do irremediável. Agora a planície já não tinha mais extensão, nem o ar, a baça claridade. Tudo se amalgamava num só precipitado de tensão que pesava como chumbo no corpo todo. Só o coração batia descompassado.

Obedecendo à voz de comando, vultos começaram a saltar em terra, parecendo suicidas ao mar. Após o que a onda humana ficou ali parada, cabeças pendidas, gestos amarrados. Dos assaltantes, uns esvaziavam os carros, fazendo o feno voar ao vento, enquanto outros aprisionavam os homens, e de preferência as mulheres.

A uma voz de comando, porém, os soldados se detiveram, contrariados, aguardando com violência malcontida o momento de prosseguir.

Atônitos, miseráveis, os emigrantes, por sua vez, se agitavam em angustiosa espera, não sabendo se os acontecimentos lhes seriam propícios, ou se pagariam em dobro aquela trégua.

O chefe do bando confabulava com um dos condutores da caravana:

— ... Vá lá, Ivan. Sempre foste bom camarada. Eh, bons tempos, aqueles, os de contrabando de verdade. Agora só há disto...

Havia na voz do cossaco solidez rude e tranquila, um tanto melancólica, a contrastar pateticamente com a acuidade e a leveza de pássaro dos emigrantes, as vidas por um fio. Em seguida, pondo a boca no gargalo da garrafa que o *mujik* lhe estendeu, o cossaco entornou-a demoradamente, bebendo em grandes tragos. Enxugou o queixo molhado com a manga do capote e respirou fundo.

— Vá lá, Ivan, vá lá que seja. Sigas com o deus negro. Mas, oh-o-o — atalhou vendo que os emigrantes se dispunham a partir. — Não, não vão assim. — Enquanto falava foi despindo o capote. Estendeu-o no solo e ordenou: — Ei, *jidowskaia*... Deixem aqui todo o ouro. E escutem — sentenciou —, deceparei a cabeça ao que, em seguida, for encontrado com um único *kopeke*.

Silenciosamente, começou o desfile de vultos de troncos vergados e mãos trêmulas. Sobre o capote do soldado deslizavam correntes de ouro, moedas tilintavam e, de encontro a estas, o fino toque de brincos e alianças. Depois foram-se perfilando junto aos carros, em muda agonia.

— Que esperam? — gritou com mofa o cossaco. — Pensavam, mesmo, que eu ia dar-me ao trabalho de revistar os seus imundos balandraus?

Inclinou a cabeça para trás e soltou uma risada grossa, demorada, a repercutir dolorosamente nos emigrantes. Agora não permaneciam apenas com os pés no solo. Tinham a sensação de estar profundamente enraizados na terra, sentindo embora o corpo fluido e a mente como a diluir-se numa angústia indefinível. Não foi, pois, sem esforço que eles começaram a movimentar-se em direção aos carros.

A caravana seguia agora vagarosamente. Entorpecidos, esgotados pelas emoções e a fadiga, os viajantes fitavam com olhares indiferentes o horizonte ensanguentado. Os rumores chegavam-lhes abafados, gastos.

O movimento cadenciado dos carros embalava grandes cogumelos ocos e tristes.

Uma voz estropiada murmurou em sussurro:

— Se ao menos Barukh estivesse conosco...

E outra, com um resquício de raiva impotente:

— É assim que ele nos conduz!

E outras vozes mais entrelaçaram-se, débeis, amorfas, marcadas pelo fatalismo amargo e estoico ante um destino sempre imutável.

— Deus ordenou assim.

— Foi misericordioso. Poderia ter sido pior.

— Quanto nos espezinham, quanto nos humilham...

— ... para alguma coisa somos judeus.

— Quando terá isto um fim, quando?

— *Gam zo l'tov*. Que também isto seja para o bem.

Aroma cru de pinheiro exalava da muralha verde que marginava a estrada. O *mujik* puxava as rédeas de manso, sem sequer estalar o chicote. Os murmúrios morreram.

Abafaram-se os ruídos. E ao contornarem a floresta, pareceu-lhes decorrerem séculos. Quando a deixaram para trás, o dia já ia alto.

No fim da planície cavava-se vale estreito e úmido. Através do mato cerrado, o sol mal chegava a penetrar. Ali estacionaram e foram descendo pelos atalhos. Mas em meio caminho, muitos detiveram-se, por alguns instantes, para vencer um obstáculo, como se tivessem de nascer de novo. E era de dentro deles próprios que vinham rolando as dores do parto que os reafirmaria para a vida. Então inquiriram ao céu, por cima de suas cabeças, e miraram o solo fecundo de húmus, a seus pés. Em torno, o silêncio — um silêncio profundo, a alongar-se pelo tempo e o espaço, até a eternidade. O ar era fino, transparente. Sonante, como cristal. Atentando bem, podia-se ouvir o murmúrio do bosque trazido pelo vento. Um fio de água escorria, cantante, sobre as pedras, em contínua e doce monotonia, adormecendo o sofrimento, como o faria o canto materno vindo das origens da vida. Os pássaros gorjeavam, e miríades de insetos multicores encetavam sua faina. O orvalho brilhava na relva de um verde brilhante.

E eles se sentiram presas da magia da terra. Sentimentos e emoções até então desconhecidos irromperam dentro deles, de roldão, lançando-lhes as almas em tumulto. Era um misto de deslumbramento e horror.

— Todas as manhãs o orvalho cai sobre a terra. Todos os dias nasce o sol. As folhas se renovam, as flores vicejam, os frutos amadurecem. Em todas as suas manifestações, a vida se renova constantemente, milagrosamente. E tudo isto ocorre à margem das leis dos homens. Apesar da maldade dos homens.

Vergonha e dor clamaram em seus corações, ao mesmo tempo que invencível enternecimento os dominava ante o supremo milagre da vida.

Talvez que se maravilhassem ante o milagre de ainda estarem eles próprios com vida.

Mas, longe de se deixarem arrastar na voluptuosa corrente do desperdício, concentravam-se sutilmente em cada minuto, destilando conscientemente cada gota amarga e cintilante.

Em seguida, o mar da vida transbordou de seus frágeis vasos de barro, após haver inundado todos os recantos de seus espíritos com a bênção dadivosa e grata. Então as almas dobraram-se. Os corpos vergaram. Relaxando os nervos, distendendo os membros, cederam à força que os atraía irresistivelmente, e repousaram sobre o seio da terra.

3.

O sol ia alto quando, no acampamento, reatou-se o bulício. A temperatura cálida, no ar pairando cheiro de mato, cheiro forte de terra.

As crianças, as primeiras que se refizeram da fadiga. Tagarelavam, apanhavam insetos, exploravam o lugar estranho. E quando os adultos começaram a perambular por ali, os mais velhos, os da primeira geração, ainda dormiam em posições várias. Muitos deles só há pouco haviam derreado os corpos cansados, que, ao descerem para o vale, tinham importante mister a cumprir. Foram eles que primeiro avistaram a nascente, e, após haverem piedosamente lavado as mãos e os olhos, enrolaram os *tefilin* sobre a fronte e o braço — a fronte e o braço esquerdo, para que as inscrições sagradas se difundissem perto da mente e do coração —, e, orientando-se em direção à Cidade Santa de Jerusalém, fizeram a prece matinal.

De entre os filhos daqueles homens que oraram, poucos foram os que lhes seguiram o exemplo. Bem que lhes estava presente a dolorosa sensação de miséria, a lembrança das humilhações e desditas da madrugada, e o desejo de esperança e redenção. Mas as mentes estavam impregnadas de excessivo rancor, e de palavras não isentas de impureza, para que as pudessem endereçar ao Senhor. Fecharam, pois, os corações, endureceram os ânimos e, com a determinação dos que iniciam a vida corrente de todos os dias, entregaram-se ao trabalho.

Em silêncio, com movimentos medidos, começou o acender do fogo, o transportar de água, o desamarrar de mochilas. Iam e vinham com desilusão apaziguada, corpo e alma fundidos na mesma estagnação. É que lhes faltava o ânimo dos que apenas empreendem uma jornada. Estavam indiferentes até à sensação de desconforto dos que pela primeira vez enfrentam as vicissitudes da existência nômade. O mutismo persistia entre eles, como uma cortina velando. Era, a bem dizer, sua única defesa contra si mesmos e os outros.

Dentro de cada grupo, pouco tinham a dizer-se. Já se conheciam de sobra, remoendo, lado a lado, o mesmo bagaço bolorento e amargo da indigência e do desterro. Silenciavam ainda para assim melhor suportar a carga dos que, sem saber como nem quando, como a poeira dos caminhos a entranhar-se em suas vestes, juntavam-se aos seus, aumentando-lhes os encargos. Mas que fazer de Perel, sem marido, rodeada de filhos pequeninos, ou de Efraim, velho solitário, enlevado pelo sonho de juntar--se ao filho, na América — miragem a desvanecer-se a cada passo? E que fazer da velha sem nome, pobre coisa minguada e decrépita, mero arremedo de gente, que não tem forças para subir as ladeiras, não sabe aonde vai nem entende nada? Olha-se para ela, fala-se-lhe, mas seus olhos baços não respondem. Então, as mãos que distribuem as magras rações para os filhos estendem-se também para ela, e um homem mais forte e desimpedido suspende nos braços a pobre criatura e vai depositá-la com cuidado na outra margem do rio, ou mais adiante, na planície.

Com os dos outros grupos que compunham a leva de emigrantes, estabeleciam contatos suficientes apenas para não se considerarem estranhos.

— *Shalom aleikhem.*

— *Aleikhem shalom.*

— *Fen vonen is a yid?* De onde é um judeu?

— De R... E vós, de onde sois?

— De R...?! — Então ele se torna por um momento jovial, prazenteiro. — Tenho lá parentes, isto é, tinha... — acrescenta com a face anuviada. — Não sei, não... — A dúvida o assalta. Mas não tarda em reanimar-se. — Quem sabe os conhecestes, os Shvartsberg, Efraim, Herchel, e os Grinberg...

— Que dizeis? Os Grinberg são vossos parentes? Se os conheci!

Pronto. Já são do mesmo naipe. E embora não se falem mais, estão irmanados no mesmo destino.

4.

Naquela manhã, ao ver a mulher deitada ainda, já com o sol a pino e o movimento em derredor, Pinkhas teve um pressentimento que por instantes toldou o brilho da luz e amorteceu os sons.

— Marim, Marim — chamou, debruçando-se sobre a esposa.

— Não posso levantar-me, Pini. Sinto o corpo tão pesado, como se estivesse amalgamado à terra. — Fitava-o nos olhos, com o desespero de um animal ferido. — O chão estava úmido. Eu devia ter previsto. Mas estava tão cansada, e com todas estas roupas em cima de mim... Eu tinha calor, e a terra era fresca. Mas não te aflijas. Isto passa. É um simples resfriado.

Pinkhas já nem a ouvia. Estava atordoado. Sabia que era preciso fazer algo, mas não atinava com quê. Olhou em volta de si e a sensação de desamparo cresceu ainda mais.

O vale fumegava tenuamente em vários pontos. Homens e mulheres carregavam baldes de água. Isso lhe sugeriu o que fazer. Tomou a chaleira que traziam sempre à mão para apanhar água pelos caminhos, e eventualmente para fervê-la e, entregando-a à filha, indicou-lhe o caminho da fonte. Juntou gravetos, pôs a chaleira no fogo. Retirou de um volume um último vidro de água-de-colônia que Marim quisera trazer, e começou a friccioná-la vigorosamente.

Ao contato de seu corpo, sentiu um medo vertiginoso, como a sensação resvalante de queda no sono, e um calafrio percorreu-lhe a espinha. Ela era a força. Dela provinha o encorajamento para suportar os maus dias. Ela lhe dera a felicidade tranquila dos dias que se foram. Que faria se Marim lhe faltasse? — era a interrogação cuja conclusão ele lutava para não permitir que se projetasse, num sentimento supersticioso e aterrador.

... Tão longe, e a um tempo tão perto, o dia em que se conheceram.

— Pinkhas, tenho para ti uma noiva — anunciou o pai, uma manhã. — Já estás em idade de constituir família.

O pai tinha um modo grave e dogmático de tratar das coisas da vida. Pinkhas estremeceu, mas desta vez de excitação, que lhe pôs os pensamentos em tumulto. Era, pois, chegado o dia por que tanto esperava. Mas, estranho, por mais que isso viesse ao encontro de seu desejo, custava-lhe acreditar que já era ele mesmo quem ia casar.

Relembrou o menino dócil e aplicado que fora — parecia ter sido ontem — a estudar arduamente o Talmud sob a direção de *melamed* Efraim, na dependência moral de *melamed* Efraim, influência contra a qual, apesar de um tanto tímido, muitas vezes se rebelara, qual potro selvagem, embora se sentisse fascinado pelo feitio complexo e sinuoso do mestre. Em seguida, recordou a expectativa alvoroçada pelo dia da confirmação — o dia em que se tornaria filho do dever, responsável perante a Lei. Ah, o brilho da cerimônia no Templo, e a sua chamada à Torá!

Depois emergiu do fundo de sua memória um ligeiro incidente de rua, em verdade não mais que isso. Alguém chamou: "Cavalheiro, cavalheiro, tende a bondade." Voltou-se displicentemente, só por olhar. Mas, Céus e Terra! Era a ele que se dirigiam, a ele dispensavam esse tratamento.

Desse dia em diante entrou na posse de uma nova condição. O arcabouço todo transfigurou-se-lhe, como se transfigura um barco, ao erguer os mastros e enfunar as velas ao vento. Ele já não era mais criança. Era um homem.

Depois... depois foram as inquietações e os anseios. Longas divagações, enquanto perambulava pelas ruas desertas, à boca da noite, a imaginação segregando luminosidades e terrores, alimentada por intuição volátil, ou refreada por obstinação rude e ferida.

E enquanto o pai falava, uma nova espécie de apreensões o assaltava. Das meninas-moças que vislumbrava rapidamente às janelas, ou as que encontrava em visitas convencionais e penosas, nenhuma lhe tocara a sensibilidade. Agora, a imaginação tentava alçar-se até essa desconhecida, perguntando de si para si como seria a noiva que lhe destinaram.

Graças à introdução de costumes mais livres, poderia vê-la antes dos esponsais, em presença dos mais velhos, bem entendido, e até, mesmo, manifestar sua desaprovação, se a noiva não lhe agradasse. Mas, no seu caso, a prometida era de outra cidade, e, para conhecê-la, teria de empreender viagem.

Não soubera, sequer, como os acontecimentos se encadearam. Tudo fora previsto e combinado pelo pai. Mesmo o pai só veria os pais da noiva, e a ela própria, quando tudo já estivesse assentado, dissera.

Não restava dúvida de que sabia o que convinha ao filho. Reza o Talmud: "Procura como mulher para teu filho a filha de um sábio, e para tua filha, um sábio." Por esse caminho não havia como errar. Para ele próprio haviam escolhido a filha de um rabino, jovem recatada e obediente, que se fizera esposa solícita e piedosa. Os tempos haviam mudado, tinha de convir. Shmuel não mais impunha ao filho o uso do negro sobretudo, como o que ele próprio ainda usava, nem os cachos retorcidos sobre as orelhas que traziam os estudantes de *yeshiva*. No mais, porém, devia continuar a ser como até então fora. Preceitos são preceitos, e sábias são as leis judaicas.

Entretanto, ainda assim encontrou certa dificuldade em aplicar a teoria à prática. É que, para casar o filho, seria preciso entabular conversações, e a um pai não ficaria bem inquirir, nem tampouco alardear, as qualidades do filho. Contudo, era preciso que alguém o fizesse.

Não mandara Abraham o servo à sua terra e à sua parentela, para que não tomasse o filho mulher de entre as filhas dos cananeus? O mensageiro agora seria diferente, mas o procedimento, o mesmo. Mandou então chamar um casamenteiro, o qual chegou um dia com a notícia alvissareira de haver encontrado o que queriam. E por si próprio vinha contente. Os pais da noiva eram abastados, e seria por certo bem agraciado.

"Não que o fizesse por interesse." Deus o livrasse de semelhante coisa. Era, antes, uma missão piedosa e santa, a de aproximar duas criaturas para que se cumprisse a vontade do Senhor. Mas era humano, se escusaria, abrindo os braços em largos gestos, para quem lhe censurasse os humanos desígnios. Tinha mulher e filhos, e o que era mais, filhas que precisava casar, sem conseguir amealhar o bastante para um só dote. A profissão de *shokhet* mal lhe rendia para o Shabat. Em suas perambulações pela praça do mercado, assuntando e intermediando, é que punha as minguadas esperanças.

Shmuel a princípio se rejubilara com as novas trazidas pelo intermediário. Depois o entusiasmo foi arrefecendo, aos poucos. Informou-se e soube que o pai da jovem observava piamente os preceitos judaicos. Fazia as preces cotidianas e aos sábados vinha da aldeia a pé à sinagoga. Não envergonhava a um pobre, e cumpria a palavra empenhada. Mas não era alguém a quem pudessem designar como um judeu estudioso. Negociava com madeiras, nas florestas, e o viver constantemente em contato com os *goym* fazia com que suas maneiras fossem um tanto livres. E quando se avistou com ele, deparou com um homem alto, espadaúdo e forte, barba negra bem aparada, olhar vivo, gestos desembaraçados, tão diferentes dos seus — tímidos, nervosos, sempre a esfregar as mãos e a introduzi-las volta e meia para dentro das mangas do cafetã. Mesmo o cafetã de David era mais curto, mais moderno. E prevenção malcontida cresceu no ânimo de Shmuel contra esse homem tão mais forte do que ele, mais senhor de si.

Entretanto, pesando os prós e os contras honestamente, não encontrou um argumento decisivo, nada que pudesse traduzir em palavras. E aquiesceu.

A noiva, disseram-lhe, era virtuosa. Isso bastava. Mas não foi sem cuidados que a observou no dia dos esponsais. Também ela era diferente, e um tanto estranha a seus olhos. Sua condição de mulher valia-lhe a isenção do estudo das leis religiosas. Nisso era igual às outras moças. O fato, porém, de ter sempre vivido no campo, e não em alguma das vielas dos bairros judaicos, imprimira ao seu caráter um cunho de independência e desenvoltura difícil de aceitar.

Quanto a Marim, igualmente lhe fizeram ver que, na escolha de um marido, devia proceder-se segundo a tradição de Israel. Assim havia acontecido em relação às gerações anteriores, e assim devia continuar a ser.

Tinham, pois, terminado os folguedos de pés descalços, os banhos no rio e os risos borbulhantes, na embriaguez das manhãs de luz e de cores. Agora ia começar o caminho do dever, aquilo para o que nascera e para o que a haviam destinado.

E também ela conheceu a incerteza e o temor que precedem a vinda do eleito. Mas, para sua ventura, o prometido era diferente em tudo de quanto já vira e imaginara. Era tal e qual como sua sede de amor pedia. Alto, esbelto, tez morena, palavra fluente. E quando aprofundou com olhos castanhos os olhos azuis de Marim, fê-lo com tanto ardor, tamanha ternura, que o mundo inteiro se lhe transfigurou.

Um mês após convergiam para a estação de N..., entroncamento de todas as estradas da circunscrição, os convidados para o casamento de Marim e Pinkhas. Em seguida eles partiram para a cidade de Gaicin, onde fixaram residência. Queriam estar longe de parentes de um e outro lado, levar existência própria.

A luta pela vida e o nascimento primeiro de Lizza, depois de Ethel e de Nina, trouxeram alegrias, sim, e também muitas inquietações, mas que só tiveram o poder de uni-los ainda mais.

*

Esses e outros pensamentos Pinkhas ia repisando, enquanto cuidava da esposa. Quisera poder transmitir-lhe o calor de seu corpo, o próprio vigor. Os olhos de Marim exprimiam humilde escusa.

Quando Pinkhas parou de friccioná-la, tinha a fronte inundada de suor, os lábios crispados. Cobriu-a, preparou o chá e deu-lhe de beber. Também deu de comer às crianças, e, por sua vez, tomou um pouco de chá. E agora não havia mais que fazer, senão esperar que a noite caísse para prosseguirem na viagem.

Os demais emigrantes continuavam absorvidos em seus próprios afazeres.

Sentindo o corpo lasso, o coração pesado, estendeu-se no solo, as mãos cruzadas na nuca, os olhos cravados no céu.

Por longo tempo assim permaneceu, acompanhando o painel de nuvens tangidas pelo vento. E essa corrida das nuvens, que nem chegavam a tomar contornos definidos, foi-lhe transmitindo a vertiginosa sensação de volatilização própria, num plano para além do humano e do consciente. Entretanto, sentia a terra sob o seu dorso, a vida pulsando em cada partícula de seu ser, una e ininterrupta.

*

Tornou a encadear as lembranças dos tempos idos.

... A casa branca olhando para o *boulevard* através de largas janelas encortinadas...

Nas tardes de verão, o aroma de lilases e de acácias brancas recendendo casa adentro; a quietude matizada de risos e vozes de crianças.

Nas longas noites de inverno, sentava-se com Marim em frente da lareira, ouvindo a lenha crepitar, às vezes num chiado cantante de madeira úmida e cheirosa, as línguas de fogo rubras e azuis subindo em dança ondulada e fremente pela chaminé. A casa, abastecida e tépida; o silêncio, ameno, acolhedor. Ficavam conversando, lendo, ou simplesmente calados, sentindo o existir penetrando nos recessos profundos da vida. Algumas vezes apertavam-se as mãos quase a medo, para dizerem que estavam sentindo em uníssono.

De tempos a tempos, os negócios de Pinkhas obrigavam-no a viajar a Kiev, a Balta, a Odessa, alternando essas viagens o curso uniforme da existência no pequeno círculo de Gaicin. Aproveitava o ensejo para frequentar teatros, visitar amigos. Ao voltar, encontrava o lar calmo, aprazível; as crianças limpas, bem trajadas, e Marim vinha-lhe ao encontro com um sorriso nos lábios e uma graça sempre nova. Tinha sempre algo a contar, a improvisar. E quando a beijava, não raro ficava deliciosamente perturbada, como nos primeiros tempos em que a conheceu.

Sexta-feira, véspera do dia do Senhor, o dia que Deus santificou.

Ao cair da tarde, Marim envergando um vestido de festa; ao colo, um fio de pérolas, herança materna, nos dedos, os anéis com que ele a presenteara. Na mesa, brilhavam os talheres de prata, sobre toalha de linho de alvura imaculada, e os castiçais cinzelados, também herança materna.

... Marim acendendo as velas, e benzendo-as com enternecimento e fervor.

Uma falta de que ela sempre se penitenciara em vão: a tentação e o fascínio quase sensual de fitar intensamente a chama das velas. Jamais conseguira orar com a serenidade com que, em criança, vira a mãe fazê-lo — de olhos fechados, a face tranquila. Marim, não. Vibrava e punha a alma por inteiro em cada pensamento. Com igual entusiasmo entregava-se ao amor do marido, ao carinho efusivo das crianças, às alegrias, nas festas; às dores, no luto, e à prática da *mitzvá*. Era assim que tinha o seu "dia do morro", o "dia do presídio", e um que não era mencionado, sequer. Essas visitas, ela as fazia geralmente muito cedo, ou muito tarde, penetrando nas casas pelas portas dos fundos, com a cesta cheia de mantimentos escondida por baixo do xale.

Mas à noite, especialmente nas datas santificadas, a ventura era para os seus. Louvava a Deus na observância dos preceitos sagrados, na afeição à família, no uso das melhores roupas, no preparo das melhores iguarias. Por isso, Marim orava com tamanho fervor. Os lábios moviam-se em sussurro quase imperceptível, e as chamas das velas, bailando, em reflexo, em seus olhos, de tal modo iluminavam-lhe o semblante que o tornava quase diáfano, de tanto esplendor.

As crianças silenciavam. Tudo cessava para concentrar-se naquele momento de prece, para impregnar-se da beleza que transparecia na face radiosa de Marim.

Em seguida, não sem uma pausa para poderem encadear as sequências da vida, Pinkhas fazia a santificação do dia sobre um cálice de vinho, pronunciava a bênção do pão: iniciava-se o jantar.

Manhã de sábado. O sol tem um brilho novo, a caminho da sinagoga.

Pinkhas traz embaixo do braço os paramentos religiosos e conduz as crianças pela mão. Encontra amigos, e saem a conversar.

No sábado não se fala de negócios. Então, com os mais velhos, discutem-se textos da Lei, entremeando a discussão com a sentida nostalgia pela distante Terra de Israel que a eles não fora dado conhecer, e lamentam o exílio. Com os mais jovens, discute-se literatura, literatura judaica da nova geração: Shalom Aleikhem, Mendele Mokher Sfarim, Bialik, temas sobre o *galut*, mais uma vez. Mas, entre fascinados e temerosos, já se aventuram eventualmente por uma outra senda, corredor de passos abafados, de esperanças trêmulas e virgens — Tolstói, Dostoiévski, Gorki, Pushkin. Ventilam ideias novas que acenam para os seus corações amargurados com a promessa de um mundo melhor e mais justo.

— Quem não se lembra de 1905 e 1906?

— *Pogroms*, crimes nefandos.

— E dizer que o tzarismo acreditava poder afogar no sangue judaico a revolução iminente!

A revolução veio. Está aí, pensou Pinkhas, *mas não para o judeu. Bandeiras vermelhas, lenços vermelhos — tudo tinto de sangue judeu. Tudo crismado com sangue de judeu!*

Esse pensamento repercutiu numa dor funda que se foi espraiando de vaga em vaga, até transbordar de sua capacidade de sofrer.

Diziam que os poderes constituídos tentavam reprimir a onda assassina, mas foi mais forte o ódio ao judeu, um ódio velho e profundamente arraigado, transmitido desarrazoadamente de geração em geração, como um legado macabro, adicionado à voluptuosa sede de sangue.

E agora, onde a vida que se fora? Por que roubaram? Qual o crime que expiava? Levara existência própria, dedicada aos seus. Acaso não lhe assistia esse direito? E se as reivindicações que se seguiram tinham uma razão de ser, por que seria ele o maior culpado? Por que, em meio às já tantas desordens e crueldades, maior o massacre de judeus? Por que, sempre e sempre, vem à baila a palavra judeu? "Judeu" foi a injúria que lançaram à face de seu pai, quando quis dedicar-se ao amanho da terra; "judeu" foi o insulto com que lhe embargaram os passos, quando tentou ingressar na universidade. Por "judeu" tratava-o com raiva o *mujik*, ao comprar-lhe o calçado tosco e o pano cru; com a alcunha de "judeu" desdenhava-o o *barin*, mesmo quando, falido, valia-se do produto de sua poupança.

— Judeu — concluiu — é a palavra de incitamento, a tocha que ilumina e guia, em todo o mundo, os *pogroms* sangrentos e sádicos.

Enquanto assim monologava, voltaram-lhe à tona da memória os dias fatídicos da revolução vermelha.

*

1917. Fadiga. Exaustão. Campos abandonados. Estradas obstruídas. Quebranto de forças e esperanças sumidas. E por toda parte uma dolorosa fome de pão e de sossego — pão para saciar as ânsias do corpo, sossego e esquecimento para apagar as amarguras da alma.

A guerra, no entanto, continuava a devorar homens. Essa guerra, que os arrancava brutalmente dos campos e lares, já se estava tornando assaz cruenta, demasiado voraz.

Os homens iam para a morte sem uma razão. Todos os dias os caçavam nas lavouras e nas *isbás*, armavam-nos e os tangiam para a frente, arremessando-os contra inimigos que desconheciam e não tinham motivo para hostilizar. E os que iam não voltavam. Então, nos corações dos que ficavam aguardando a vez, gerou-se revolta brutal para responder ao brutal morticínio. É que essa mesma guerra que os dizimava agitara-lhes as almas estagnadas em servidão penosa e longa. E a tempestade que há muito se vinha avolumando, escurecendo os céus, bruscamente rebentou em vendaval. A consciência desperta, apagou-se o respeito místico ao Paizinho.

Como um ciclone, a fúria se foi propagando de plaga em plaga.

"O tzar é um poltrão, um boneco de molas nas mãos do indigno Rasputin." E o próprio povo pasmou ante o inédito de tão audacioso raciocínio. Depois, fascinado pelo sabor estranho da aventura, avançou impunemente mais ainda.

"Derrubemo-lo, então." Após a derrubada do tzar, seguiu-se a de Kerensky. E se conseguiram sair do atoleiro da guerra, não era, ainda, a paz.

Com armas francesas e inglesas nas mãos, os contrar-revolucionários investiram contra o regime implantado, fazendo-o oscilar aqui, para restabelecer-se mais forte adiante. Região por região, cidade por cidade, o terreno era disputado palmo a palmo entre as duas facções, em meio a sucessivas vitórias e derrotas.

Entrementes, a própria impetuosidade dos bolchevistas ameaçava fazer a revolução descarrilhar das normas que se traçara, precipitando os acontecimentos atribuladamente.

Como se isso não bastasse, demasiado eles se haviam adestrado na macabra faina de destruir e de matar. E o povo faminto de pão e sedento de vingança, e o soldado que regressara da frente de batalha com as mãos tintas de sangue, todos se entregaram à medonha orgia de demolir e exterminar.

Esgotado pelo ingente esforço de guerra, e ainda aturdido pelo doloroso evento das ideias novas, o país caiu à mercê de hordas de camponeses e soldados armados que disputavam entre si a posse das cidades e o saque de seus habitantes.

— *Pogrom*, palavra sinistra — murmurou Pinkhas, contraindo os lábios com raiva. — E *pogroms* só se fizeram em relação aos judeus. Kolchak, Denikin, Yedenich, que lembram esses nomes, senão incêndios, violações, massacres?, massacres de judeus, sobretudo.

Pinkhas fitou a mulher com ternura. O que ela presenciou, quanto sofreu!

*

Corriam boatos.

— Os brancos se aproximam.

— Será melhor?

— Poderá ser pior do que já é?

— Estes são os brancos. Eles trarão a paz. Dizem que Moscou está em poder deles.

— Já foram escorraçados de lá. Este é seu último reduto.

— Serão clementes?

— ... Sim, a fama os precede a cada cidade a que chegam. Não ouviu contar o que fizeram em S...? e em M...? e em...

— Não, não foram eles. Foram os vermelhos.

— Veremos.

A metralha pipocava ensurdecedoramente. Quando cessava, pesado silêncio, repassado de ânsias, abatia-se sobre os seres. O pavor recrudescia. A angústia aumentava, fazendo-se quase impossível de suportar. De quando em quando, um longo silvo de granada riscava o espaço, e, na quietude da noite, elevava-se um gemido mais longo ainda. Às vezes era apenas um ai, mas que, mesmo muito depois de extinto, ficava soando ao ouvido com a força indomável das coisas terríveis que não se podem mais esquecer.

O dia despontara ao clarão dos incêndios. A cidade, vencida; o combate, cessado. Apenas tiros esparsos, aqui e ali, iam arrematando. Rumor desusado começou a animar as ruas. Pesados carros rolando sobre o calçamento, repercutindo em pancadas surdas no coração. Gritos de comando, pragas, vociferações, rasgavam o dia claro e doce. Das habitações ninguém se animava a sair. Olhavam pelas frestas das janelas e tinham medo. Com o cair da noite, a inquietação se foi apoderando novamente dos habitantes.

Novos tiros esparsos, seguidos de gritos lancinantes, denunciavam que algo de terrível estava acontecendo. Dos que os ouviam, alguns permaneciam mudos, estarrecidos, enquanto a outros o pavor ensandecia, e também eles se punham a gritar.

Portas e janelas forçadas, imprecações e insultos. Casa adentro fez-se silêncio, por um instante cheio de temerosa expectativa. Não sabiam se deviam pedir socorro, sair à rua, ou esconder-se por trás dos móveis. Marim não pensou muito. Lançou-se à sorte. Pinkhas estava em viagem, retido pelos acontecimentos tumultuados. Era, pois, a ela que cabia agir para salvar as filhas, e as mulheres e crianças que se haviam refugiado em sua casa.

Quando deu acordo de si, estava na rua, de cabelos ao vento, a neve quase a atingir-lhe a cintura. Ao avistar dois milicianos vindo em sua direção, caiu-lhes aos pés, pedindo auxílio. Chorou, implorou, beijou-lhes as botas enlameadas. Depois as imagens embaralharam-se fantasticamente à luz baça do luar. Como num sonho, por entre espessa neblina, viu homens correndo e travando renhido tiroteio, e corpos tombando e sendo amortalhados pela neve. Em seguida, por um tempo que lhe pareceu interminável, o mundo ficou deserto. Então, encaminhou-se para casa a passos vagarosos e elásticos, só perceptíveis pelo crepitar cantante da neve.

À luz frouxa da lamparina, viu vários vultos cujas sombras disformes dançavam a cada movimento nas paredes e no teto. Um grupo rodeava uma mulher, que embalava nos braços o corpo ensanguentado de uma criança; outra mulher jazia no chão desacordada. Pranto convulso sublinhava os gestos toscos e cúbicos.

Sem saber a quem dirigir-se, Marim deixou-se escorregar numa cadeira, e ali ficou quieta e mansa, e nesse gesto reviveu o movimento surpreendido num incidente de rua — o homem encostado a uma parede, em seguida pachorrentamente deixando-se escorregar até o chão, colocando entre as pernas o chapéu, e subitamente ela se encontrava diante de um mendigo. A reminiscência apenas acabava de esboçar-se quando percebeu que estava sendo chamada à realidade. Mas era ainda um aclaramento esfumaçado e vago. Devia ter sido assim no começo da criação, ponderou, pensando nada, de tal modo se achava descosida do conhecimento do mundo. Mas agora os chamamentos chegavam até ela.

— Mamãe, mamãezinha. — Ela era mãe. — Olhe para mim, levante-se. — Isto queria dizer que ela estava sentada, e devia erguer-se. Mas, que devia fazer? Se estivesse viajando, acomodada num vagão, ou numa carruagem, bastaria deixar-se levar. Os acontecimentos se estariam sucedendo sem a sua participação.

Só passado algum tempo começou a entrar na posse do mundo à sua volta. Ethel escondia o rosto em seu regaço, enquanto Lizza lhe segurava a cabeça entre as mãos, chorando e chamando-a. Então aconchegou a si as duas meninas, enquanto murmurava com voz sumida:

— Que é isto? Vamos, não chorem. Tudo já passou. — Em seguida, levantou-se, foi ao berço de Nina e ajeitou-lhe a coberta com mão suave, com serenidade desmedida.

Quando o dia raiou, os refugiados dispersaram-se, em demanda de outros abrigos. Cuidava cada qual que em casa do vizinho estivesse mais seguro que no próprio lar. Marim não quis segui-los.

— Deus está em toda parte. Será o que Ele quiser.

Dois dias e duas noites haviam decorrido desde que Marim e as crianças jaziam no escuro e úmido porão, e agora arrependia-se de sua temeridade. Lamentava não ter seguido com as outras mulheres, fosse para onde fosse, contanto que não estivesse só. Nina se resfriara e gemia debilmente, o corpinho ardendo em febre. Ethel chorava e pedia chá. Rolava sobre o colchão, tapando o rosto sentidamente com as mãos, enquanto a mãe a acalentava. Às vezes, serenava, entretida em chupar os polegares de ambas as mãos, para em seguida redobrar o pranto.

O terceiro dia amanheceu tranquilo. Decorridas as primeiras horas, Marim começou a ouvir, não mais o ruído de botas pesadas e o tilintar de esporas, mas passadas tímidas e vozes em sussurros. Então ergueu-se do chão, os membros entorpecidos, a cabeça vazia, e subiu com passos incertos a escada escorregadia do porão. No topo da escada parou, indecisa, em seguida foi abrindo a porta devagarinho, mas não o bastante devagar para que a luz não a cegasse. Com a claridade em cheio, ficou a debater-se, estonteada, prestes a despencar-se escada abaixo, tal a vertigem. Manchas multicores dançavam-lhe diante dos olhos e sentia náuseas.

Quando habituou a vista à claridade, ficou como petrificada, obliterados todos os sentidos que não o da visão. À sua frente passava um carro apinhado de cadáveres, jogados uns por sobre os outros, os rostos deformados, os membros esfacelados, cobertos de sangue e de lama, e atrás desse carro seguia outro, e mais outro, numa continuidade que parecia jamais ter fim. As rodas dos veículos trepidavam sobre as pedras irregulares do leito da rua, e os montões de carne, trapos e lama eram embalados tragicamente.

Depois, parece, aquilo se fez para Marim um fato corrente. Aceitou-o, porque no âmago já não havia mais força alguma a rebelar-se. "Aquilo" e todas as outras coisas terríveis já vinham acontecendo há tanto tempo que agora era só presenciá-las, nada mais. Desenrolavam-se para além da sua consciência, vontade e capacidade de aquilatar. Entravam no rol do cotidiano, resvalando gradativamente para um segundo plano — segundo plano de quê?, não sabia. Os corpos que ali via eram seres mortos não em razão de terem perdido a vida, mas transformavam-se a seus olhos em meras coisas inanimadas. Não, nem mesmo isto. Eram figuras traçadas em uma única dimensão, assim como riscos no papel; e os carros que os transportavam eram objetos toscos, esbatidos contra a linha dos edifícios de papelão. O próprio sol iluminava com uma chama amarela e morta. Tudo, seres e coisas, meros traços, riscos, borrões, não obstante exercendo sobre ela um fascínio invencível, pelo horrendo, pela degradação. E quando Marim conseguiu despregar os olhos "daquilo", viu que homens, mulheres, e até crianças, presenciavam o estranho desfile, e, como ela, haviam afundado no mesmo mutismo, na mesma cessação de vibrações, em idêntica privação de entendimento e repercussão.

Lizza, que a seguira, assistiu também ao desfile, fortemente agarrada ao seu braço, sem emitir um som. Depois subiram a calçada e saíram andando ao léu, inteiramente aturdidas, as pernas como impulsionadas por molas.

À soleira de uma casa vizinha, estava sentada uma mulher de mãos caídas no regaço, a cabeça jogada para trás, de olhar perdido. Acocorada junto a ela, uma velhinha chorava num pranto sem lágrimas.

— Sarah — chamou Marim —, Sarah, Deus é contigo, que aconteceu?

— Deixai-a, não a acordai ainda — segredou a velha. E, indicando com um movimento de cabeça: — Os restos de

Noakh vão ali. Levaram-no há pouco. De mais a mais — acrescentou em tom desesperado —, podeis chamar, que não adianta. Ela não atende.

— E as meninas, onde estão?

A mulher ergueu o olhar para Marim, tentou fitá-la, mas não pôde. Virou o rosto, desviando a vista.

— Então, dizei, pelo amor de Deus, onde estão, que aconteceu?

Como resposta, a anciã tornou a erguer os olhos, e desta vez demorou-os tanto nos de Marim, que os esqueceu nela.

— ... foi uma porção deles — disse, após longo suspiro. — Foram muitos, muitos... E estavam loucos, selvagens. Não houve rogos nem pranto que os abrandasse.

Pausa, repassada de pesado silêncio. A um dado momento a mulher prosseguiu:

— Penduraram-na na bandeira da porta, de mãos e pés atados, e obrigaram-na a presenciar tudo, até o fim. Daí para cá está assim. Não vê nada, não ouve, não entende coisa alguma. Não fala, nem sequer chora.

Interrompeu-as um alarido vindo do quarteirão fronteiro.

— E isto, o que é? — indagou Marim.

— O que é? — perguntais. E uma mulher de olhar desvairado investiu contra ela. — Vejam só! — explodiu em sarcasmo. — Até parece que ela esteve no estrangeiro. — E, aos gritos histéricos: — Isto é o *pogrom!* — gritou-lhe à cara, agitando os punhos cerrados e arreganhando os dentes. Tinha os cabelos desfeitos, a face devastada, bifurcada em mil caminhos de dores. — O *pogrom!* — tornou a gritar num badalar de sino: — E o carpir é da casa de rabi Meyer, ouvis?

Marim fitava a mulher sem medo, como se a força do desespero da outra a tivesse arrastado para fora de si mesma. E agora era na violência e na alucinação da mulher a brandir os punhos que se concentrava sua capacidade de esperar e de continuar a ser.

— ... é da casa de rabi Meyer — ajuntou a outra velhinha, retomando o seu choro sem lágrimas. Entrelaçava as mãos e balançava a cabeça de cá para lá, como um pêndulo. — Ai, ai, ai, o que "eles" fizeram! Obrigaram-no a pisar a Torá e vazaram-lhe os olhos; cortaram-lhe a língua e as orelhas. Ai — suspirou dolorosamente —, o que "eles" fizeram.

O vagido de uma criança arrancou Marim desse pesadelo, fazendo-a ancorar numa outra realidade. Então voltou à adega, tomou as pequenas e encaminhou-se para casa. Na varanda estacou, indecisa. As portas haviam sido arrancadas dos gonzos, as janelas, de vidros quebrados, olhavam sinistramente para a rua, como olhos vazados.

— ... como olhos vazados — foi dizendo consigo, ainda sob o efeito do impacto há pouco recebido.

Entrou pé ante pé. No interior não havia ninguém, mas a desordem era total. Os guarda-roupas haviam sido esvaziados de seu conteúdo, alguns móveis jaziam tombados, e havia estilhaços de vidro espalhados por toda parte. Marim deitou as crianças numa cama, deixando-as sob a guarda da mais velha, escorou as portas, nos vãos das janelas pregou largas tábuas em cruz, e saiu à cata de alimento.

Ao chegar à praça do mercado, deu com um ajuntamento às portas de uma grande casa de cereais. Aproximou-se e, sem dar por isso, foi levada de roldão. Então fez o que os outros faziam. Armou a saia em regaço e deu de apanhar do chão milho, arroz e feijão que, em mistura com torrões de terra, crepitava sob as botas dos *mujiks*. Por sobre a cabeça choviam invectivas, atropelavam-se injúrias e ameaças.

— ... dizem que os nossos se entregaram? Histórias. É o que eles pensam, aqueles... Ainda hoje mesmo vão ver. E os da cidade alta, ah, *jidowskaia*..

Deslizando sorrateiramente por entre peliças tresandando a vodca e a suor, Marim apressou-se a chegar em casa. Fez um cozido do que trouxe, e encerrou-se com as crianças no quarto mais arredado da casa. Quando escureceu, encheu uma bilha com água, despejou o resto dos cereais cozidos numa vasilha que deu a Lizza para carregar, e, tomando Nina no colo e Ethel pela mão, saíram, colando-se às paredes das ruas desertas, em direção à parte baixa da cidade — casario pobre espalhado sobre duas ladeiras íngremes em cujo regaço se formava o depósito de lixo da cidade. Avançava com firmeza, pois eram as mesmas ladeiras cujos habitantes sempre constituíram sua preocupação e o dispêndio de um dia por semana, desde que se instalara em Gaicin, desde que Deus lhe tinha dado mais pão do que o necessário para alimentar as bocas que tinha em casa.

Parando junto ao primeiro casebre, Marim bateu, e tornou a bater, sem obter resposta, e como temesse ser encontrada ali sozinha com as crianças, rapidamente bateu à porta seguinte, e mais à seguinte. De alguma parte viria socorro, esperava. A uma janela surgiu vagarosamente e a medo uma cabeça desgrenhada, olhou atentamente para fora, e, antes que Marim pudesse proferir uma palavra, rolou sobre ela gargalhada rouca e debochada, seguida de violenta arremetida: *jidowskaia burjuika*! A outra janela apontou um rosto magro, de olhos desmedidamente grandes e brilhantes, espiou com curiosidade, e recolheu-se em silêncio.

À claridade lívida da lua, aquelas faces esverdeadas que surgiam e tornavam a sumir pareciam espantalhos, duendes alucinados — como num sonho mau, pensou Marim, com arrepios na alma. Então dirigiu as esperanças para um último refúgio, a pequena fábrica de vinagre de um velho casal de judeus, por trás daquele casario.

Bateu, e pouco depois o pesado portão entreabriu-se num rangido longo, plangente, e uma mulher magra, envolta em andrajos pretos, olhou-a — os olhos da mulher eram ardentes e mudos —, mirou também as crianças e, sem uma palavra, introduziu e guiou-as através de vários aposentos escuros e impregnados do odor acre de vinagre, caminhando cautelosamente por entre gente espalhada por todos os cantos. Chegando à cozinha, apontou para um lugar vago, no chão de terra batida, em seguida, ainda sem uma palavra, retirou-se com passos fatigados, tão lentos e elásticos como uma agonia prolongada. Marim tirou o xale dos ombros, forrou com ele o chão, deitou as crianças e agachou-se ao lado delas.

E novamente começou o troar da metralha, o tempo a encompridar, a escuridão a adensar-se, a solidão a instalar-se em cada ser, apartando maldosamente as criaturas.

Na outra extremidade da cozinha, um velho catava piolhos na camisa de flanela, mastigando um resmungo rouco por entre a barba emaranhada, à luz bruxuleante de um toco de vela. Os olhos de Marim abrasavam. Ethel mexeu-se, estremunhada, e pediu pão.

— Agora não tem, filhinha. É noite. Amanhã eu compro.

— Mas eu quero. Papai trouxe, eu vi. Eu vi pão branco.

Após tornou a adormecer, sugando o polegar num recurso instintivo para enganar a fome.

Agachada, os cotovelos apoiados nos joelhos e o rosto nas mãos, Lizza meditava. Tinha chegado a cursar a escola, e, por pouco que isso tivesse durado, havia aprendido que o mundo não era só a sua cidade. Havia outras, muitas mais, além de rios e mares, e, agora, ouvindo o tiroteio lá fora, ela se pergunta:

— Que estarão fazendo as pessoas desses outros lugares? Que fazem, que não nos ajudam? Porque não é possível que em toda parte seja como aqui.

Uma granada estourou bem perto, fazendo vibrar as vidraças. Tapou o rosto com as mãos, balançou-se sobre os calcanhares, e a cozinha escura oscilou com ela. O coração batia, descompassado.

— Desta vez foi bem perto — pensou. — Eles vão nos matar, vão nos matar, vão matar todos nós.

Suor frio banhava-lhe a fronte. Descansou sobre os joelhos. Sentia as forças lhe fugirem, mas mantinha-se quieta, sem recorrer ao conforto materno. Há tanto tempo aquilo se fizera uma coisa habitual, algo que estava acontecendo e que era preciso suportar. Mas neste momento ela quer compreender por que há de ser assim, e até quando.

— Por que estão atirando, e por que não param de matar? Brancos, vermelhos, Petlura, Denikin… — A princípio parecia que ainda fazia alguma distinção, mas à medida que a situação se foi prolongando, tornava-se-lhe cada vez mais difícil compreender. Todos matavam, e como que só visavam à sua gente. Por que, ao passarem pela casa do *Pop*, não estava ela saqueada, como a sua? — Por que matam? — perguntara à mãe, e a mãe respondera: "Porque são assassinos, porque são algozes." Mas isso não explicava tudo, pois, se estes são algozes, que fazem os que não o são? Que fazem, que não vêm em nosso auxílio? Como eu lhes tenho raiva, como os odeio!

O rancor lhe revigora o ânimo, dá-lhe consciência de si mesma. Ela já não é mera criança a quem não se deva prestar contas.

— Lizzutschka — chamou a mãe. — Por que não te deitas? Assim estás te cansando muito.

Lizza obedeceu, calada, mas por muito tempo permaneceu de olhos abertos na escuridão. Marim procurou outra posição. Sentia o corpo dolorido, os membros gelados. Olhou para o velho de barba longa e suja, e lembrou, com repulsa, há quantos dias ela própria, e as crianças, não se banhavam. Mas mesmo isso era de suportar. O que lhe doía de cortar o coração era ver as crianças com fome, e ninguém sabia quando aquilo terminaria. Ah, como já quisera poder distender o corpo sobre uma cama com colchão e lençóis lavados, e cobertas quentes. E ter pão para as crianças. Depois pensou no marido. *Onde estaria a estas horas?* Um pensamento terrível passou-lhe pela mente, mas o afastou ciosamente. Não, não queria admitir.

O tiroteio era cada vez mais próximo. Amanhecia. Ouviram-se batidas no portão, a princípio tímidas, desesperadas em seguida. Depois Marim viu surgir na cozinha a mulher de andrajos negros, a introduzir um rapaz muito novo ainda, apenas um adolescente, com um ferimento na testa, o sangue a escorrer-lhe até os pés.

— "Eles" entraram! O *pogrom*... — Arquejava penosamente. A mulher de preto e um homem de meia-idade que acorrera, deitaram-no no meio da cozinha, e tornaram a sumir pelo interior da casa.

— Má-má! Mamm-ma... — gemeu o rapaz, numa convulsão, depois emudeceu e ficou imóvel.

Marim virou o rosto de Lizza, que fixava o corpo ensanguentado com olhos aterrados, e aproximou-se de rastos até ele. A mulher de preto voltou com uma toalha e uma bacia de água na mão. Ajoelhou-se, contemplou-o, depois de uma pausa, abriu a toalha e cobriu o rosto do rapaz. Com a ajuda de Marim, carregou o corpo inerte para uma despensa, ao lado, e sumiu sobre seus passos macios, sem ruído. E tudo voltou a ser como antes.

Tornaram a confundir-se na mesma escuridão o dia e a noite, naquela cozinha úmida e imunda, sem luz, sem ar, sem noção de tempo. A escuridão, a morte, a umidade viscosa e fria, as ânsias do corpo e a agonia na alma, tudo fluía num só rio turvo e tenebroso, sem margens nem fim. Marim já não saberia dizer há quantos dias estavam ali, já não pensava nem sentia coisa alguma. Estava por inteiro imersa nesse rio lodoso e nauseante. Dir-se-ia que mesmo a morte do rapaz, ali, ao pé dela, deixara-a indiferente, porque já não mais existiam laços nem esperanças. Cada ser, um animal respirando, porejando, querendo saciar-se, talvez apenas querendo fechar os olhos e cessar.

A certa hora despertou-a rumor desusado. Portas e janelas abriam-se de par em par. Um ar fino e cru penetrou cozinha adentro. A casa estava sendo evacuada. E novamente, quais ratos estonteados, foram saindo para a luz e dispersando-se pelas ruas. Eram sombras esquálidas, de vestes sujas e amarrotadas e faces pálidas. E por toda parte iam encontrando a ruína e a desolação.

Marim pegou as crianças e, depois de muito andar, deu consigo em casa. Então tomou tento do que lhe ia em derredor, e voltou à faina do primeiro retorno.

Uma noite Pinkhas regressou. Vinha magro, no olhar um brilho estranho. Empurrou a porta de manso, e por longo tempo ficou parado na soleira, sem tirar a mão da maçaneta, a fitar com incredulidade.

Só quando Marim lançou-se-lhe nos braços, o chamou e beijou, e suas lágrimas quentes tocaram-lhe a face, ele começou a despertar para a realidade. Então afagou amorosamente o rosto da esposa, beijou e acarinhou as crianças. Só nesse momento voltou-lhe a vida aos lábios e ao coração.

Em seguida eles assistiram à implantação do novo regime, como quem pisa em areias movediças. As ruas, de aparência festiva; as lojas, de portas cerradas. Praças e avenidas constantemente apinhadas de gente que trazia lenços vermelhos, fitas, flores e gravatas da mesma cor. Falava-se em liberdade, igualdade, fraternidade, enquanto municipalizavam casas e confiscavam pequenas indústrias.

"Ao judeu", rememorou Pinkhas, "fizeram sentir, uma vez mais, que era judeu".

— Sei que também o *barin* não entrou logo na conta de "camarada". Também o saquearam e lhe cuspiram no rosto, mas a cada instante tinham de dissimular o iniciado impulso de rojar-se-lhe aos pés. Difícil esquecer que até bem pouco tinham venerado o mesmo Deus, e que ele, o *barin*, fora o senhor de suas terras e de suas almas.

E havia os hospitais superlotados de feridos, mutilados e infeccionados; e escolas por reabrir, fábricas por impulsionar.

— Eh, judeu, que sabe você fazer, senão mercadejar?

Em verdade, ele nada mais sabia. Isto é, sabia, sim. Sabia orar a Deus. Mas que valor tinham esses saberes nos dias que corriam? Escondeu, pois, os rolos sagrados, armou sua tendinha e tornou a negociar.

E como faltassem os gêneros, e houvesse alta de preços, epidemias e mortes, novamente ao judeu atribuíram esse fardo de vicissitudes e misérias.

O judeu era alguém que tinha grandes contas a prestar, oh, se tinha!

Foi assim que os homens de Israel tornaram a pagar, mesmo aos homens sem Deus, pela morte remota — que lhes fora imputada — de um rabi na velha Galileia, e mais por todas as nefastas lendas que se foram tecendo a seu respeito, através dos tempos e da ignorância dos homens.

Eles viram queimadas e espezinhadas as Escrituras Sagradas, assassinados, ou mutilados, os sábios filhos e as castas filhas violentadas.

Organizaram-se patrulhas. Não obstante, noite após noite, os judeus passavam pela terrível prova.

Os homens não iam dormir todos a um só tempo. Revezavam-se. Ficavam à escuta. Ninguém sabia de quem seria a vez. E ainda que o assalto se desse no quarteirão vizinho, precisavam estar acordados, para acudir.

— Gritem por socorro, gritem — ouvia-se por baixo da janela, com ligeiras batidas na vidraça; depois o mesmo sob a janela seguinte, e mais à seguinte. Era para atraírem a milícia ao lugar do sinistro.

E os gritos de socorro fendiam a noite, partindo simultaneamente de várias direções.

Sucediam-se grandes silêncios.

Pela manhã, os judeus saíam de suas casas para sepultar os mortos e chorar os vivos. Ficavam depois falando com dolorosa sofreguidão, contando casos, tecendo comentários. E ora faziam-no em surdina, com palavras veladas, ora, com crueza e paixão, numa sequência quase interminável. Em verdade, nem sempre compreendiam a tragédia em toda a sua extensão e significado.

Só muito lentamente começaram a cair em si. Então aconteceu que, inesperadamente, perderam o medo, e homens, mulheres e crianças começaram a mostrar-se desassombradamente à luz do dia. Já nem choravam. Cerravam os dentes, enrijeciam os músculos e percorriam a cidade em todas as direções: os pais, à cata dos filhos; os filhos, à procura dos pais; e mulheres, muitas mulheres sem os seus homens, sem os seus filhos, vagueavam agressivas, como lobas feridas.

Havia, ainda, os que saíam timidamente apenas em busca de alimentos. E também estes voltavam frustrados. Mas geralmente não tornavam logo para os seus lares.

— Voltar para quê, para ver os filhos morrendo à míngua?

Então davam de perambular à toa pelas ruas, entremeando o desalento com a ansiedade.

Por não terem com que se ocupar, formavam ajuntamentos nos largos e nas esquinas, e tornavam a tecer comentários e a vaticinar ainda maiores infortúnios.

O país inteiro ainda jazia no marasmo que sucede as grandes convulsões.

Com as guerrilhas de Denikin, a Ucrânia havia sido isolada, cortadas as comunicações com os centros governamentais, e em seu próprio seio dilacerada. A carência se fazia sentir por toda parte.

Abriam-se umas poucas cooperativas e cozinhas populares, mas a grande fome que se aproximava já dava indícios evidentes.

A exemplo dos outros, Pinkhas saía à rua. Aproximava-se dos grupos, escutava apaticamente as conversas, e tornava à casa, onde encontrava um silêncio pesado e triste. As crianças não riam. Tinham os rostinhos parados e pálidos. Marim movimentava-se em simulada faina. Limpava, espanava, tirava e repunha os objetos repetidas vezes nos mesmos lugares. Parecia um fantasma flutuando entre as paredes despidas e os móveis nus. E esse seu vaguear era mais doloroso de se presenciar do que se apenas se deixasse ficar sentada, a um canto, sem fazer coisa alguma.

Hora após hora aumentava a tensão.

Um dia Pinkhas chegou em casa mais sombrio que de costume, mas decidido.

— Marim — foi dizendo —, precisamos sair daqui. Precisamos partir — reforçou, vendo o espanto da esposa.

— Ir de onde, para onde? — Aquilo era novo para ela. Até quando sua memória alcançava, ninguém em sua família jamais emigrara.

— Vamos para a América, não importa o lugar, contanto que saiamos desse inferno. — Depois, brandamente, por entre a súplica e o desejo de persuasão: — Escuta, Marim, a falar verdade, ainda não pensei bem para onde podemos ir, mas o que importa neste momento é sair da Rússia.

Pausa. Lassidão morna começando a fluir dentro dele, num quebranto de forças e de vontade.

— Marim — prosseguiu —, temo enlouquecer. Ando o dia todo por aí, sem ter o que fazer, e você e as crianças passando fome. E como se isto não bastasse, há o terror e a incerteza. Massacres todas as noites, desconfianças e perseguições todos os dias. Deitamo-nos sem saber se acordaremos no dia seguinte. É horrível. Toda a gente me parece agora estranha, suspeita. Chego, por vezes, a temer a própria sombra. Marim, vamos para o estrangeiro. Ainda temos a vida inteira à nossa frente.

Dias de azáfama. Prenúncio de vida nova. Pinkhas, tratando dos passaportes para saírem da cidade, arrumando a bagagem, tentando comunicar-se com os irmãos nas cidades vizinhas, para as despedidas; Marim, vagando pelos aposentos, despedindo-se dos lugares e dos objetos. O alpendre, onde tomavam chá, no verão; os móveis trazidos pelo marido de Kiev, quando fizeram anos de casados. O relógio grande da sala, o tapete, a poltrona predileta que alisava com mão amorável. Agora estava tudo estragado, trazendo cada coisa a marca do *pogrom*, mas que para ela continuava a falar uma linguagem misteriosa e afável. Em todos os cantos da casa ela vivera, amara e sofrera. Neste quarto nascera Lizza, e aqui também Ethel e Nina. Agora devia dar as costas a tudo e emigrar para terras desconhecidas.

*

Os vizinhos entravam e saíam, em visitação, trazendo bons votos, fazendo as despedidas.

Sentada num ângulo da sala, Lizza acompanhava o vaivém dos visitantes, contendo-se para não chorar. A casa desarrumada, despida de cortinas e tapetes, e com aquela gente toda a circular livremente pelos aposentos, como se estivesse numa estação ferroviária; nem parecia mais sua casa.

Ver a mãe despojar-se de objetos que lhe eram tão familiares aumentava sua confusão.

— Toma, ganhei esta bandeja quando fizemos o primeiro ano de casados; é para lembrar-se de nós. Este quadro... Bem, já não serve. "Eles" o estragaram. — Em seguida, começou a separar camisas de linho, saias, blusas. — Não se pode levar tudo — pretextava, ao dar com o olhar do marido.

Quando Lizza acostumou-se àquilo, encaminhou-se para o quarto. Parou à porta e ficou a olhar o aposento que não seria mais seu e que já se lhe tornava estranho. Da sinagoga, no outro lado do beco, um vitral projetava uma nesga de sol no teto.

— A sinagoga fechada, o beco vazio...

A escuridão adensava-se rapidamente, e ela teve medo. Então foi logo ao que veio.

— Esta boneca é para Aniuta e esta para Sônia. — Depois lembrou-se de que Aniuta não tinha pai, e uma indizível angústia apertou-lhe o coração. Ouvira dizer que ele fora levado num daqueles carros, e imaginou os braços do farmacêutico balançando fora do veículo, a barba ruiva esvoaçando ao vento, os olhos azuis cravados no céu. E de súbito, toda a ternura que sentia pelos próprios pais, e o temor desesperado de perdê-los, transformaram-se no desejo extremado de compensar a perda que Aniuta sofrera. E à boneca já separada, foi juntando outra, e mais outra. Em pouco, quase todos os seus brinquedos ela os havia transferido à amiga órfã. Mas quando chegou a vez da grande boneca de Odessa, hesitou entre o muito que a queria e o que, já agora, se fizera um caso de consciência em relação à companheira. Então foi protelando, protelando. Deitou a boneca, e ela fechou os olhos; virou-a e revirou-a, e a boneca dizia mamã. Era uma boneca como não havia igual em toda a cidade. Começou, pois, a oscilar entre sentimentos antagônicos, até que, por fim, apertou a boneca de encontro ao peito e jurou levá-la para a América.

*

Nevava. A rua estava deserta, varrida pelo vento, que fazia as árvores vergarem. Desolação lá fora, mutismo pesado casa adentro. A penumbra do crepúsculo e a iminência da partida, tudo conjugado, compungiam o coração de Marim. Quisera poder chorar, romper as amarras, mas os olhos continuavam enxutos, a garganta seca.

Pinkhas permaneceu por algum tempo ao lado da esposa, à janela, sem saber o que dizer. Temia feri-la mais ainda, ao mesmo tempo sentia que era preciso acabar com aquilo. Então falou brandamente:

— Marim, não se pode viver disto, é preciso começar tudo de novo. — Agora falavam nele as esperanças do verdor de seus anos, tantas e tantas vezes frustradas. — Marim, aqui o nosso mundo acabou, desmoronou-se. Aqui nossa geração não terá mais paz nem alegria. Todos temos feridas que sangram. Por mais que fizermos, não poderemos esquecer. Jamais poderei olhar para o vizinho ao lado, sem lembrar-me de que todos os seus cinco filhos foram mortos; não poderei encarar a vizinha da casa fronteira, sem recordar que o marido tem os olhos vazados e que a pobre filha preferiu a morte à vergonha. Não, Marim, nosso mundo aqui terminou. É preciso recomeçar em outra parte. Lá aprenderei um ofício qualquer, trabalharei em portos, em canais, revolverei lama, carregarei pedras, mas lá, não aqui.

Calou-se, alterado pela emoção. O céu arroxeava, através da vidraça embaçada pelo frio. Marim apertou o braço do marido num impulso de encorajamento, e foi preparar o jantar. Pinkhas ficou remoendo os pensamentos, assentando a resolução.

Nos tempos de antes da revolução, não era qualquer um que partia para a América. Faziam-no os aventureiros, ou os que fugiam ao sorteio militar. Mas um homem que tivesse família e um nome por que zelar dar-se a tais aventuras...

Neste momento, no entanto, já era o próprio espírito de aventura que o incitava.

— Daí, quem sabe... — De mais a mais, que alternativa se lhe oferecia? Como outrora o pai, o avô e os avôs de seus avós, ele era um homem que tinha estudado religião. Que sabia do que estava por acontecer? Com outra idade, tentara participar da tarefa do mundo moderno. Trazia em si a vocação para a ciência. A matemática e a física apaixonavam-no, mas, em todas as suas iniciativas, deparava sempre com a barreira inexpugnável: o estigma de ser judeu. Judeus havia que cursavam universidades, sim, mas só os que tinham recursos e se transferiam para o estrangeiro. Ele, o quinto de entre os oito filhos de Shmuel, aos 13 anos, a exemplo dos irmãos, teve de começar a trabalhar para, com o seu ganho, contribuir para que a família pudesse manter apenas o equilíbrio da pobreza dissimulada em que vivia. Mais tarde, ao constituir um lar próprio, seguira o exemplo do pai. Aquele, ante o baldado esforço de tornar-se lavrador, montara uma pequena casa de chá, de que a mulher tomava conta, enquanto ele passava os dias no *Beit-Hamidrach* a cofiar a longa barba sedosa e a estudar o Talmud. Cotejava os textos sagrados, à procura de uma interpretação mais profunda, tentando penetrar o espírito dos ditames da lei e desvendar os caminhos da vida. Shmuel sabia que só são justos aqueles que trilham com humildade os caminhos do Senhor. Pinkhas, por sua vez, abriu uma loja de calçados e tecidos, onde podiam encontrar-se igualmente chapéus e miudezas. A seu modo, também continuava a ler o Talmud, mas, dir-se-ia que o sangue lhe corria nas veias com maior ímpeto que o de seus antepassados; pressentia a marcha do mundo, e não queria ficar para trás.

— ... E o que se seguiu! — Pinkhas alçou os ombros. Difícil aceitar, difícil e doloroso de recordar. Não, decididamente não queria mais pensar no que passou. Era começar tudo de novo. E se ia aprender um ofício, que mesmo agora talvez não lhe fosse dado escolher e pouco lhe importava fosse humilde, não queria trabalhar ali. Se tinha de remendar botas, ao menos não fossem as de Ivan, que o espezinhara. Se tinha de carregar pedras, não fossem as dos caminhos ensanguentados por onde seus irmãos foram levados de rastos.

5.

De todos os pontos da Santa Rússia, judeu que tivesse uma oportunidade de fuga lançava-se ao desconhecido. De longe em longe, um trenó parava. Os viajantes desciam, abriam silenciosamente uma cova junto a um arbusto nu todo inteiriçado, oscilando ao vento, depois tocavam para diante.

— Quanto falta ainda para chegarmos?

— Já não temos mais água.

— ... e os pedaços de pão que sobraram estão tão duros que já não se pode comer.

— Cht, parece que ouço tropel de cavalos.

— Será mesmo? Bem que eu avisei. Não devíamos ter vindo. Morrer por morrer, antes fosse em casa.

— Quem sabe, não estamos em caminho errado.

— ... ou não estará o *mujik* nos enganando? Bem pode ser uma emboscada.

E o temor, o temor desgraçadamente justificado que há milênios persegue os filhos de Israel, acorda no espírito dos emigrantes, e é pior que a fome, a sede, o frio. Pior que o quebranto do corpo e da alma.

Campina afora correm sombras hostis, toldando a brancura das estradas cobertas de neve, e os viajantes se transformam, eles próprios, na paisagem glacial, em blocos hirtos e maciços, a sensibilidade descambando para o entorpecimento.

Noite alta, cada *troica* que chega à estação de N... despeja sua carga e volta sobre o mesmo caminho, e os emigrantes ficam ali, à espera de nova condução.

Em pouco, em redor da estação, pequeno casebre de um só cômodo, toda uma multidão tirita de frio, tem fome e sente um cansaço avassalador.

Por toda a superfície, até onde a vista pode alcançar, é a estepe deserta, coberta de neve cobrindo algidamente, como uma mortalha, a lua boiando patética, num céu sem nuvens, e o ar fino, cantante ao ouvido. Os reflexos do azul metálico da neve doem nos olhos, e o silêncio em volta sugere um letargo, um hiato no curso da vida. E em meio à cessação de movimentos e à completa ausência de ruídos, a própria imaginação se ressente. Os emigrantes já não podem conceber a ideia de que alhures a vida continue. Não podem imaginar sequer a que distância se encontram no mundo dos vivos, do mundo no qual homens levam existência normal e decente.

— Não, isto é o fim. O universo inteiro imobilizou-se, o tempo deixou de fluir, a vida cessou. E a desolação sem bordos do infinito. — Mas a indagação sublinha, num desesperado esforço para não se deixar sucumbir inteiramente: — Não haverá, ainda, algum lugar sobre a terra onde não faça frio, um lugar onde não haja neve, e alguém que ainda tenha um teto, pão, um leito, uma lareira?

— Não vê? — responde o ceticismo amargo. — Não vê que é impossível? Não existe mais coisa alguma. Só há estepe, neve, frio, solidão e desdita. — Mas, não. Nem mesmo isto é real. Só há, efetivamente, esta dormência, o vazio no estômago, e esta vertigem; o formigamento nos olhos, chispas vermelhas, verdes, azuis, amarelas. Insetos escuros, asas negras, e esta vontade tão grande e tão humana de fechar os olhos, arriar o corpo, assim... assim... deixar-se cair, abandonar-se assim...

— O frio regela, a neve amortalha.

— Que importa, tanto faz.

Com a bruma da madrugada, irrompeu na linha do horizonte negro monstro de ferro, como saindo das entranhas da terra. Cresceu brusco, alongando-se rapidamente, como uma serpente sinuosa. Silvo estridente abalou o espaço, fazendo vibrar cada molécula.

Subitamente o letargo se quebra; como um dique a romper-se, a onda humana precipita-se, em assalto aos vagões, numa turbação de painel violentamente sacudido. No compartimento atravancado de gente e de volumes, Marim limpa o rosto de Ethel, a quem uma mulher com pesada mala às costas ferira na boca e no nariz, enquanto Pinkhas esquenta entre as suas as mãos de Lizza. A menina segurara-se sem luvas, no corrimão de ferro imantado pelo frio, e ali ficara presa, a pele queimando e uma dor fina a perpassar-lhe o coração. Quando o pai conseguiu desprendê-la, não proferiu um ai. Só entreabriu os lábios, unidos por saliva grossa e salgada, e duas grandes lágrimas que não chegaram a rolar aumentaram seus olhos aterrados.

Depois a locomotiva recomeçou a arfar ruidosamente, soltou um silvo agudo que ecoou lugubremente pela planície, e arrancou, devorando as distâncias com velocidade crescente.

*

— Ei, ei! — Mesmo de costas, Pinkhas percebeu que alguém se dirigia a ele. Voltou-se. — Sim, é convosco que estou falando. — O homem falava um *yidish* arrevesado, de pronúncia áspera. E antes que Pinkhas respondesse já o outro se havia acomodado sobre uns volumes, junto dele. Os volumes cederam um pouco, sob o seu peso, e a estatura do homem minguou, como um balão amassado.

— Como eu vos estava dizendo... — começou —, como vós sabeis... os caminhos por aqui são difíceis. É o passaporte, é a condução e a revista das bagagens. E sem se lhes "untar" as mãos, nada se consegue. Eu quero dizer, eu — apontou para si com o polegar grosso e moreno —, eu trato destas coisas. Respondo por tudo, até transporem a fronteira. Dos que vão por conta própria, muito poucos são os que chegam ao seu destino. Bem — concluiu, passando as mãos grandes e peludas sobre os joelhos redondos, com a satisfação de um grande homem de negócios que tivesse realizado importante transação, e, levantando-se, acrescentou: — Estou ali, no vagão-restaurante. Podeis falar com os outros. Eles vos dirão.

Mal cerrou a porta do vagão, os "outros" lhe falaram.

— Tira-nos tudo quanto possuímos — murmurou um velho de barba grisalha e olhar de asceta. Tinha a face pálida; com as mãos muito brancas, de dedos longos, ia cofiando a barba. — Mas que fazer? O mundo é grande — sublinhou com os olhos negros cheios de tristeza —, e maior que o mundo é a maldade dos homens. Confiamos em *herr* Barukh — disse com o olhar subitamente iluminado por uma centelha de ironia —, e, assim, abstemo-nos de desconfiar dos demais.

— Eu já tentei atravessar a fronteira sozinho — ajuntou outro, com voz rouca, o semblante devastado pela fome e a amargura —, mas foi inútil — concluiu após breve pausa, abrindo os braços desoladamente como um pássaro em agonia. — Saquearam-me no caminho. Quatro longos meses permaneci com a família num povoado próximo, à espera de um auxílio de meu irmão, na Bessarábia. Aniuta não pôde esperar. Levaram-na os primeiros ventos de outono. Minha pobre filha. Os senhores não sabem, ninguém sabe o tesouro que perdi.

Aturdido, Pinkhas aproximou-se da esposa. Falou-lhe longamente. Ela não compreendia, e também para ele a rudeza desses acontecimentos era nova. Quando entrou no vagão-restaurante, Barukh perguntou-lhe de chofre:

— Quantos? — E como não respondesse logo: — Quantas pessoas são? — perguntou.

— Cinco, somos cinco, minha mulher, três crianças e eu.

— Quinhentos mil rublos — sentenciou.

— Mas... — Pinkhas titubeou. O acinte misturado ao desprezo com que o homem lhe falava provocou-lhe indignação. Sabia que teria de ceder. Estava nas mãos dele. Mas 500 mil rublos era tudo quanto possuía, e como entregá-los, e ainda no início da viagem? Ter depois de perambular por aí sem um copeque era simplesmente como lançar-se no abismo. Mas com aquele homem não iria regatear; não lhe pediria nada.

— Vamos, que está esperando? Não é muito — disse, inclinando a cabeça de lado, e cruzando as mãos sobre o ventre, em atitude de falsa condescendência. — Ou será que vai chorar misérias? — Em seguida, mudando subitamente de atitude: — Vá lá — foi dizendo, sem deixar a

Pinkhas tempo para falar. — São 450, e não me faça perder mais tempo.

Pinkhas refreou a cólera que lhe inundou o coração, e o outro, percebendo-lhe a hostilidade, arrematou com ironia:

— Já sei o que vai perguntar, é o que vocês todos me perguntam: quem sou, de onde vim, que garantias lhes dou... Vocês... Olha aqui, "seu", eu cá não sou nenhum filho de rabino e não levei a vida a enrolar os *bucles* e a curvar-me sobre o Talmud. Isso é lá com vocês. Foi por isso que lhes bateram. Vocês me envergonham — aduziu com tédio. — Veja eu — prosseguiu ante o pasmo de Pinkhas —, eu sou um homem prático, um homem do meu tempo. O que "eles" fazem faço também. Por isso sou um dos "deles". Temem-me e me respeitam muito mais que a vocês, que ficam aí a fazer preces e a jejuar. Mas você já me fez perder muito tempo. Escute aqui, na outra "era" fui contrabandista. Gostou? Mas tenho cá a minha honra. Negócio é negócio. Passe para cá o pacote e vá tratar da sua vida, e, se não quiser — foi dizendo de um só fôlego —, vá para o diabo que o carregue.

Pinkhas olhava o seu interlocutor já agora com serenidade. As emoções haviam-no deixado sem defesa.

*

Através das vidraças embaçadas pela geada, o dia ia nascendo lívido e triste. Marim distendeu os membros. Quisera poder desentorpecer as pernas, mas Nina dormia em seus braços e o compartimento estava tão atravancado que nem teria onde andar. Vapor morno se esbatia de encontro à janela. Forte odor de urina e de sarro de fumo impregnava o ar. Em frente a Marim estava sentada Lizza, o rosto magro de tez esverdeada, à claridade tênue da manhã; Ethel dormitava, a cabeça recostada no braço da irmã, os lábios intumescidos e o queixo manchado de sangue ressecado. Marim desviou a vista, angustiada. Tentou pensar em outras coisas. Entreteve-se, primeiro, na contemplação das formas geométricas da neve cristalizada na vidraça, depois, com a sucessão das imagens, enquanto árvores, casas e as primeiras pessoas que saíam para os campos iam rapidamente ficando para trás, tragadas pela velocidade do comboio, outras lembranças vieram-lhe à mente.

Recordações caras e ternas.

A canícula. O louro trigal ondulando ao vento em campos inundados de sol. É a época da colheita. O trem passa, veloz, a máquina soltando baforadas de fumaça e alegres apitos. Os camponeses que ceifam o trigo se voltam, à passagem do trem, sorriem, tiram os chapéus e acenam. As moças, saias multicores arregaçadas, as pernas à mostra e os braços roliços agitando-se na faina, parecem flores silvestres acalentadas pela brisa. Nas ondas do vento vem o seu canto alegre.

Marim vai com as crianças passar o verão na casa paterna, na aldeia onde nasceu. Gosta de rever o antigo lar, um casarão grande, vetusto; tão sólido e ameno. Lá não se sente o calor. As árvores que circundam a casa, velhas árvores queridas, velam sobre as janelas largas, de cortinas brancas e flutuantes, o soalho lavado cotidianamente refresca, perfuma a casa. Dá até vontade de descalçar as sandálias e andar de pés no chão. E por toda parte é o labor fecundo e tranquilo. Na rouparia, as tinas cheias que mãos vigorosas trabalham; na cozinha, o cheiro de assados, guisados; na despensa enfileiradas bilhas de leite, vidros de compotas e geleias. Da rua partem ecos de vozes, às vezes apenas um chamamento cantado, prolongando-se na luminosidade cálida e dourada do ar. E ora é o ladrar de um cão, mas um latido curto, festivo; ora, o rumor do rodar de um *faeton*, e o cadenciado ploc-ploc dos cascos dos cavalos, numa música de embalar. E esses sons matizam a amenidade cá de dentro. À tarde, sob os reflexos do poente, a família reúne-se na varanda envidraçada. Tomam chá, palestram. As crianças, Lizza e os filhos de seus irmãos vão tomar banho no rio, o mesmo rio em que ela se banhara em menina. Por cima do rio havia uma ponte grande, muito alta, por onde passava o trem, e quem estivesse no rio via-o surgir bruscamente numa extremidade da mata contra o fundo azul do céu e, após atravessar a ponte, com possante ruído de ferro sobre ferro, às janelas dos vagões assomando rostos e lenços a esvanecerem-se velozmente, como num sonho, tornar a desaparecer na mata e em seguida no céu.

Para Marim, de olhos avidamente abertos para a vida, aquelas visões eram arrebatamento e tumulto. Ficava depois por muito tempo sentada na grama, os braços enlaçando as pernas, o rio secando sobre a pele numa carícia mordicante e cálida dos raios do sol, sonhando com viajar um dia, sair da aldeia, correr terras.

A essa lembrança, caiu bruscamente na realidade, com um estremecimento de pânico. *Para onde iam, e que ia ser feito deles?* E pela primeira vez sentiu realmente medo do desconhecido.

— Mamãe, você se lembra, quando íamos à casa do vovô? Dir-se-ia um eco aos pensamentos de Marim.

— Lembra-se, mamãe? — insistia Lizza. — Era tão bom. Eu tomava banho no rio, e havia uma ponte por cima do rio, uma ponte alta! E à noite, quando eu ia despedir-me de vovô, ele me sentava nos joelhos e dizia, dizia...

Interrompeu-se, mexendo-se desassossegada. Não devia ter falado no vovô. Mamãe também sabia o que "eles" lhe tinham feito.

— Continue, filha, continue.

— ... Eu dizia — prosseguiu, arrastando as palavras com desânimo muito grande na voz —, eu dizia *spokoinaia notsch*, e vovô só queria responder a *guite nakht*. Mas não era por mal. Vovô era tão bom. Quando vovô sorria, os olhos também sorriam, mas quando se zangava... Mas, mesmo zangado, ele era bom.

Por que lhe fizeram aquilo?, ficou pensando.

— Titio contou que também quebraram a varanda de vidros de cor, derrubaram o muro do parque e cortaram todas as árvores. Agora todo mundo podia entrar na casa de vovô. A casa não era mais dele...

Por muito tempo esteve ensimesmada, depois passou a outra ordem de cogitações.

— Mamãe, como é a América? É muito grande? É longe daqui?

— A América? Sim, é muito longe, ainda. Sim, a América é grande.

— E eu vou para o ginásio, mamãe?

— Sim, você irá para o ginásio.

— ... com uniforme novo e uma insígnia de prata?

— Com uniforme novo e uma insígnia de prata — respondeu a mãe, em repetição.

Sim, a América é longe, muito longe, para os que vêm pela interminável estrada de reveses.

Paradas, delongas, retrocessos. E o tempo passa. As estações se sucedem, e, com elas, as derrotas sem nome. Naufrágios. Apagar de lumes.

6.

Com o cair da noite, inquietação nervosa apossou-se dos emigrantes acampados no vale. Era o momento propício à travessia da fronteira.

Marim assistia à atividade em seu redor e se afligia.

— Pini, que vamos fazer? Não posso levantar-me. Deus meu, e o percurso agora terá que ser feito a pé. Que será de nós?

— Enquanto eu tiver forças, prosseguiremos. Não vês que todos se vão? Não podemos ficar aqui sozinhos.

Dizendo isto, começou a juntar sacolas e utensílios. Por um instante deteve-se, passou a mão na cabeça, fez mentalmente o balanço dos poucos haveres, em seguida começou a jogar para o lado as coisas inúteis. Precisava tornar mais leve a carga das meninas, que ele teria o seu fardo.

Marim assistia àquilo em silêncio. Há quanto tempo não faziam senão dar, vender, destruir, abandonar, e vaguear pelas estradas? Quando alcançariam, afinal, um pouso? Quando teriam novamente um lar, como toda gente? Quando chegaria o dia em que arremessariam de si o odioso nome de *bejentzy* e deixariam de perambular, como ciganos?

Estes e outros pensamentos perpassavam-lhe na mente, mas não disse nada ao marido. Para que atormentá-lo com queixas inúteis? Por sua vez, quis fazer alguma coisa, mas, corpo e alma, tudo nela tendia para a terra. Tinha calafrios, a garganta seca, os olhos febris, e gradativamente uma fraqueza muito grande ia se apoderando dela. Era mágoa, revolta e um certo enternecimento que fez com que as lágrimas lhe assomassem aos olhos. Pinkhas surpreendeu-a chorando, mas não lhe falou. *Que chorasse*, pensou, *o pranto aliviaria seu coração*.

Em pouco, estavam todos de pé, crianças nos braços, sacolas às costas. Moços e velhos, sãos e enfermos, aprontavam-se para nova e arriscada aventura. Mas não chegaram a aventurar-se. Barukh enviara um mensageiro dizendo que a fronteira estava tomada. Era preciso aguardar outra oportunidade, e o melhor que eles podiam fazer era aproveitar a volta dos carros, que os deixariam na primeira cidade, logo acima das aldeias, se estas não quisessem acolhê-los.

— Já não podemos mais seguir, Marim. Ninguém poderá seguir — acrescentou, soturno. Ajoelhou-se junto a ela, tomou-lhe as mãos. Escaldavam.

— É bom que tornemos a uma cidade — acrescentou. — Lá haverá recursos. Estamos salvos, Marim. Vamos voltar. — Mas, só ao proferir essas palavras, acordou para a realidade. *Voltar para onde, por quanto tempo e com que meios? Voltar com quê?*

Sem uma palavra, Marim introduziu a mão no seio e tirou um pequeno volume enrolado num lenço que entregou ao marido. Pinkhas tomou-o, desamarrou vagarosamente, e ficou olhando, estupefato. Não acreditava no que via. Só tocando-as. Pegou as joias, uma a uma, revirou-as entre os dedos, em seguida, deixando-as resvalar sobre a outra mão, voltou-se para a esposa:

— Marim, que quer dizer isto? Como ousaste? E se "eles" te tivessem revistado, que teria sido de nós?

Entretanto, à medida que falava, sua firmeza ia abrandando. Compreendia a inutilidade de qualquer reação, a tal ponto sentia-se deslocado da torrente dos acontecimentos, subvertidos os planos da vida. Em verdade, tudo agora acontecia de modo tão absurdo e contrário — contrário a tudo, a todas as previsões e para além de sua capacidade de aquilatar e aceitar. E já nem sabia recriminar o ato louco da esposa, ou admirar-lhe a coragem e o desprendimento.

Doía-lhe, sobretudo, sua abnegação, ao mesmo tempo que o humilhavam as misérias e as sujeições.

Quando a noite desceu de todo, começou a longa e trágica viagem de volta. Novamente ouviu-se o gemer das rodas, o estalar do chicote, e as trevas dos caminhos tornaram a tragá-los vorazmente. Os emigrantes deixavam-se conduzir em espesso atordoamento, em obliteração total de esperanças e cuidados.

O tempo tornou a encompridar, e as distâncias, a não alcançarem um termo. E quando de todo lhes faltou o pão, passaram sem ele, e quando a água acabou, transferiram a sede para a parada seguinte. Só que essa corrente agora os puxava para trás, como a maré que, depois de os haver arremessado até o ermo do oceano, devolvia-os pelo mesmo caminho arrastado do desespero.

Nas aldeias por onde passavam, viam os campônios espalhados pelos campos e os terreiros, cevando as aves e os porcos, ordenhando as vacas, batendo o trigo. Eles estacavam fora dos cercados. Com peças de roupa e alguns utensílios, compravam uma côdea de pão, uma bilha de leite, para os filhos. Mas não o faziam de pronto, assim que se acercavam. Antes enviavam o guia para auscultar o ânimo do *mujik*. E ainda assim, muitas vezes saíam logrados, apedrejados e escarnecidos. Então afastavam-se, famintos, enregelados, tendo por teto o céu sem estrelas, por paredes as infindas distâncias da planície e, por toda parte, a hostilidade, o duro rancor, a impiedade.

7.

> *"[...] Este dia vos será por memória, e celebrá-lo-eis por festa a Jehovah; entre vossas gerações o celebrareis por estatuto perpétuo."*

Marim estendeu uma toalha branca sobre a mesinha redonda colocada no centro do quarto, dispôs sobre a mesa copos, pires, um prato de *matzot* e outro com batatas cozidas, sal e um pouco de raiz-amarga.

Pinkhas, sentado a um canto, aguardava, absorto, vendo a mulher ir e vir sem entusiasmo, sem harmonia nos movimentos.

— Não pude arranjar nada que servisse de *korbanot* nem de *kharosset*. Só consegui raiz-amarga para o *maror*. Aves, vinho, nozes... penso que ninguém mais se lembra o que isso vem a ser. — Falava com voz arrastada.

— Chega o que obtiveste — respondeu Pinkhas, levantando-se e dirigindo-se para o lavatório. — *Korbanot* há muito, já, deveriam ter sido abolidos. Há milênios os judeus não mais imolam animais em oferenda a Deus. Hoje — acrescentou sombrio —, homens matam homens, para alegria do negro Satã. E se não há *kharosset*, também não faz mal. *Maror* por si só lembrará toda a amargura do cativeiro. Sentemo-nos à mesa. Comecemos o *seder*. — Dizendo isso, pôs na cabeça o solidéu, subitamente tomado de ira. Marim fitava-o calada, os movimentos cortados. Então ele dominou-se, e à raiva sobreveio uma lassidão muito grande. Agora também ele sentia-se como um seixo ao sabor da corrente, sem vontade, sem impulso. Aproximou-se da mesa, ajeitou dois travesseiros pequenos ao encosto da cadeira, à guisa de almofadas, sentou-se e começou a folhear a *Hagadá*.

— Papá, por que você se senta sobre os travesseiros? — perguntou Lizza.

Ele ergueu-se a meio, parecendo só então haver percebido o que tinha feito. Olhou, em seguida, serenamente para a menina e respondeu com voz lenta e segura:

— Os reis sentam-se sobre almofadas, e nós somos um povo de reis. Um povo livre. Um dia fomos escravizados pelo faraó, no Egito, mas nos libertamos. Um judeu não é escravo, e não escraviza a outrem.

— Papá, conta como foi no Egito.

Ternura branda invadiu o coração de Pinkhas, ante o olhar suplicante da filha. Tornou a ajeitar o barrete num gesto de quem está com o pensamento longe, e começou:

— Por longos anos viveram os judeus no Egito. Cresceram e se multiplicaram. Então, os egípcios temeram que o povo estranho se multiplicasse mais ainda, e porque o temeu, escravizaram-no. É sempre assim — prosseguiu falando agora consigo mesmo. — Porque não nos conhecem suficientemente, temem-nos, e porque nos temem, hostilizam-nos. Assim foi no Egito, e assim tem sido em todos os Egitos por onde temos andado. Lá, aproveitaram-nos para o pastoreio, tarefa que um egípcio considerava indigna para si. Mas, quando aprendeu o ofício e viu que não lhe maculava as mãos, começou a perseguir-nos. Assim tem continuado a ser. Aqui exploram o nosso tino para os negócios, ali tomam-nos o ouro ganho com o nosso labor; acolá tiram partido de nosso amor ao saber. Depois acusam-nos de que "ameaçamos", "açambarcamos". Esta a maneira pela qual o mundo se conduz.

Lizza ouvia, confusa. Não compreendia o sentido de certas palavras, mas contristou-a o semblante do pai, repentinamente tão grave e compungido. Fitava-o nos olhos, e uma angústia tão funda estampou-se-lhe na fisionomia que Pinkhas afastou os sombrios pensamentos, e, para aliviar a tensão, procurou mostrar-se alegre. Até antecipou as perguntas e respostas do *Ma Nischtana*, as quatro perguntas rituais sobre a significação da Páscoa, de que a menina tanto gostava.

O pai lia, agora, a *Hagadá*, e a mãe fixava a chama da vela com o pensamento distante. Ethel continha-se para fechar a boca, com medo de que seu hálito apagasse a vela, comprimindo bem as mãozinhas contra o rosto. Lizza olhava de um para outro, e para dentro de si mesma, e sentia pesarem sobre eles as penas do cativeiro no Egito, a ira do rei mau. E numa retrospectiva desde o Egito longínquo e tenebroso até o quartinho frio e escuro no qual eles estavam encerrados, como numa prisão, deparava com um mundo temível e estranho. *Pogroms*, assassínios, medo, fugas, crueldades. Sua mente infantil estava conturbada.

Marim continuava concentrada em seus pensamentos, enquanto Pinkhas orava, e embora a cerimônia fosse de júbilo, o menear da cabeça e a entonação de sua voz diziam que as penas do povo de Israel não haviam acabado. O cativeiro não terminara com a fuga do Egito, não. Os judeus continuavam a fugir de toda parte. Em toda parte subsistiam os grilhões e se derramava sangue. Toda a história dos judeus, através dos séculos, vinha tinta de sangue.

A chama tremulou debilmente, prestes a extinguir-se; então Pinkhas guardou, pressuroso, o livro de oração, murmurou o tradicional "Leschaná Habaá Biruschalayim" — no ano próximo em Jerusalém —, dividiu os *matzot*, repartiu as batatas, já frias, molhando cada porção em água e sal, e eles comeram em silêncio e sem fome. Depois deitaram-se, todos, sobre o mesmo estrado armado sobre caixotes de querosene e dormiram mais uma noite sem sonhos.

Só Ethel acordou no dia seguinte maravilhada, dizendo que o pai havia comprado um *kalatshi* muito, muito grande, mostrou abrindo os bracinhos quanto pôde.

8.

Cidade-fantasma, aquela. Cinzas, só cinzas. Parecia que toda a cinza do mundo havia sido despejada ali. No entanto, o ar era limpo. O que emprestava o aspecto pulverizado e pegajoso de cinza eram as casas, os homens — suas vestes, a tez, os cabelos, os olhos, tristes olhos sem imagens nem brilho.

Numa clara e fria noite, Lizza fora levada por uma moça, também emigrante, a uma representação teatral improvisada num grande casarão velho, e ali teve fortalecida a crença de que estavam habitando uma cidade-fantasma. Voltara com a sensação horripilante de ter vindo de uma representação de mortos, realizada na meia escuridão, entre teias de aranhas e o esvoaçar de morcegos de grandes asas negras.

Miaskiwki era um polvo monstruoso, fechando-se em vielas apertadas, aqui e ali claros ocos e calvos, que eram os adros das igrejas e a praça do mercado. O capim que cobria esses adros era ralo e tísico, e o sol iluminava a medo com uma claridade pálida e indecisa. Em volta não havia plantações, fábricas, nem construções. Casario adentro, circulava um mundo de gente, falando, imprecando, mercadejando, e quase todo o comércio consistia na troca direta de objeto por objeto. Os camponeses traziam batatas, aveia, nabos, e levavam, em pagamento, antigos vestidos de renda, talheres de prata. Os citadinos preferiam ouro. Assim, por alguns gramas de chá, meia libra de açúcar, um pouco de carne e de sal, recebiam joias: relógios, brincos, anéis. Mas os emigrantes desta leva haviam sido saqueados. Por isso vendeiros tratavam-nos com menosprezo, e, quando possível, sonegavam os gêneros. Então um ódio surdo vinha juntar-se à fome e à indigência dos emigrantes, e eles saíam pelas ruas tortuosas e estreitas com os semblantes carregados.

Barukh viera juntar-se a eles, e todas as manhãs os homens iam postar-se à sua porta — que os levasse à fronteira, não importava se para a morte, contanto que acabasse de vez aquele tormento.

— ... ou, então, que nos devolva o dinheiro.

— Ele nos ludibriou! — gritavam uns.

— Não se poderia esperar outra coisa de um contra-bandista! — exclamavam outros.

Barukh recomendava paciência, que esperassem um pouco mais.

— A ele é fácil esperar — diziam. — À sua mesa há pão, e, para o inverno que se aproxima, lenha na lareira.

Um dia um grupo de emigrantes desesperados deixou a cidade rumo à fronteira. Muito mais tarde, quando os demais já haviam partido, correu a notícia de que, numa noite escura, a camada de gelo ainda frágil do Dniester se havia rompido e tragado o punhado de fugitivos. Outros, ainda, tentaram a volta para as suas cidades. Destes nunca mais ouviu-se falar.

*

— De onde é um judeu?

Pinkhas voltou-se e reparou nos olhos pequeninos e vivos de um velho mirrado, e a linguagem daqueles olhos perturbou-o. O homem, veio a saber depois, fora outrora próspero industrial. Com a revolução, perdeu tudo. Aventurou-se pelo mundo; em viagem, perdera a mulher, vitimada pelo tifo, e, com isso, o ensejo de seguir com o grupo em que vinha. Acabara o dinheiro, e agora não tinha com que seguir nem retroceder. Apegou-se a Pinkhas com o propósito de ensinar-lhe o fabrico do sabão.

— A troco de quê? — indagou. — Não terei com que vos pagar.

O velho tirou uma baforada da ponta de cigarro que fumegava entre os dedos escuros e, fitando Pinkhas com olhos lacrimejantes e um sorriso trêmulo nos lábios finos, disse:

— É, *main inguer man*, a miséria tem disto. Aguça a perspicácia, enquanto endurece o coração. Ninguém mais é bondoso, nem crê que os mais o sejam.

Quando se refez de um acesso de tosse, prosseguiu com um longo suspiro:

— É, meu jovem homem, e não sou eu que vou desapontá-lo. Quero paga, sim. Ensino-lhe o ofício, é coisa fácil, questão de alguns dias, e como aqui não encontrará breu nem soda, e terá de subir até a cidade próxima, que é vizinha à minha cidade, me levará em sua companhia. Este é o pago — terminou com ar cansado, tornando-se subitamente pensativo e sério, e 20 anos mais velho.

— Quero voltar à minha cidade, à minha casa. Talvez ainda encontre algum conhecido. Quando não, ao menos pisarei a terra em que nasci, o meu solo. Aqui tudo me é estranho. Não conheço esta gente, as ruas, as casas, nem as pedras. Sabe? — emendou. — As pedras também falam, mas a linguagem destas eu não entendo. E sinto um frio até os ossos, mas sei que é o frio desta cidade maldita, da desolação e do negrume desta cidade.

Pinkhas empenhou o colar de ouro que dera a Marim em presente de núpcias, e que ela trazia costurado na bainha do vestido, e as experiências deram resultado. A massa barrenta que fabricava tinha saída. Sempre limpava mais que a cinza com que se lavava a roupa e que abria as mãos em chagas. Já ganhava o pão de sua família. Não precisava vender mais um anel de Marim, ou fugir de vergonha quando uma das solteironas que lhes sublocavam um quarto trazia alguma coisa de comer para as crianças. Marim aceitava. Era mãe. Mas ele tinha pejo, e, no entanto, o mais que podia fazer era desviar a vista, pôr o chapéu na cabeça e ganhar a rua. Não podia obrigar as crianças a passarem fome, como ele próprio. Também fazia por ignorar a espécie de entendimento que havia entre as duas solteironas e Marim.

— ... Vós direis que é nosso irmão, que é para não pensarem... — Beila soltava uma risadinha curta, como quem tivesse dado uma cusparada de lado e logo se tivesse recomposto. Só entendeu verdadeiramente quando pôde ver a fotografia, na qual as duas irmãs, de cinturas apertadas, seios e quadris amplos, reclinavam as cabeças em faceirice estudada sobre os ombros de um rapaz magro, de rosto longo e apatetado, o cabelo lustroso colado à testa.

Ah, América!, pensava com tristeza. Maridos na América para estas, fortuna para outros. Pão, espaço e liberdade para tantos... Que reservava a América para ele?

*

Agora Pinkhas entrava em casa confortado, depois de um dia árduo de trabalho. Sentia-se seguro de si, mais comunicativo. Após o jantar, ficava brincando com a pequena Nina ao colo. Beijava-lhe, enternecido, os pés minúsculos, retendo-os demoradamente na concha da mão, enquanto comprimia docemente o tenro ser de encontro ao peito. E, se Ethel se mostrava enciumada, sentava-a sobre a outra perna e ficava a entreter-se com as duas. Para com Lizza tinha uma atitude diferente. Afagava-lhe silenciosamente a cabeça, às vezes apenas se detendo a fitar-lhe o rosto magro, os membros finos e longos, a boca sem expressão definida, os olhos selvagens. Ela era feia, desgraciosa, e aquilo lhe doía. Doía-lhe, sobretudo, o seu ar prematuramente grave, marcado pelos pesados encargos; e à medida que a moléstia de Marim progredia, era para Lizza que se iam passando as responsabilidades e os quefazeres domésticos. Não raro ia além do que esperavam dela, parecendo experimentar um secreto prazer em dar de si. Era a compensação para os seus tenros anos de sem alegria nem infância. Quando não havia mais que fazer nem por que diligenciar dentro de casa, penetrava no celeiro onde o pai trabalhava, e ficava espiando. Lá estava ele, em meio à fumaça e ao calor, na causticante atmosfera de breu e no nauseante odor de sebo, a camisa rota colada ao dorso. Sujo, suarento. Conquanto soubesse que ali era inútil, que em nada poderia ajudar, deixava-se ficar mesmo assim.

A fumaça não fazia arder os olhos dele, do pai? — que também fizesse arder os seus.

Uma manhã Pinkhas acordou febril e não pôde levantar a cabeça do travesseiro. O tifo, que grassava na cidade, atingira-o, também.

Quando Lizza abriu os olhos, sentiu o peso de um silêncio que já vinha percebendo vagamente desde a meia-sonolência. Ergueu-se a meio e viu a mãe sentada à cabeceira do pai, a vitalidade por inteiro concentrada no seu semblante lívido. As irmãs dormiam, como frias bonecas de gesso largadas sobre o catre. E um pressentimento triste abateu-se sobre ela. Em seguida, a mãe ergueu-se, pôs o xale nos ombros e saiu.

Esse gesto, ela o repetiu por muitas manhãs inverno adentro. Esquecendo a enfermidade própria, saía todos os dias para a rua, de cada vez levando um objeto diferente para trocar por mantimentos. Uma manhã levou os sapatos, enquanto enrolava os pés com trapos. Mas chegou o dia em que não havia mais nada para vender, nem trocar; então Lizza surpreendeu-a parada no meio do quarto, mirando a grande boneca de Odessa, virando e revirando-a, enternecida. Lizza apreendeu-lhe o sentido e adiantou-se com voz a que debalde tentava imprimir firmeza.

— Mamãe, eu já sou grande. Mesmo Ethel não quer mais brincar com ela. Leve-a, não a quero mais.

Marim não respondeu. Deu-lhe as costas e saiu. Uma vez na rua, sentiu uma dor aguda, a rebentar em pranto.

Ao menos poderia ter agradecido a Lizza o sacrifício do que ela mais queria, ter-lhe feito uma carícia, proferido uma palavra de ternura... Ainda quis retroceder, mas, em vez disso, entrou apressadamente na estalagem.

Quando as borrascas aumentaram, Marim deixou de sair. O vento cantava agourento no sótão vazio, e jogava mancheias de neve às portas e janelas com tal violência que mesmo quem estivesse dentro de casa se encolhia.

Passados dias — ou semanas? — Pinkhas vencera a doença, mas jazia no leito sem forças, pálido, os lábios feridos. O frio cortava e doía e não havia lenha para aquecer. Então Marim aconchegava a si as crianças, e assim se deixavam ficar. De longe em longe, Beila, ou a irmã, entreabria a porta, enfiava a cabeça a medo, depunha na soleira um fogareiro com brasas, algumas batatas cozidas, e sumia. O silêncio interrompido voltava a cantar o prolongado sliiiinn, que penetrava nos ouvidos, chegando a ferir a sensibilidade. E, assim, demorou em passar o resto do inverno.

Em março de 1922, a família Lispector chegou ao Brasil. No porto de Maceió, desembarcaram a matriarca, Marian, ou Mania (Marieta); o pai, Pinkhas (Pedro); Leah (Elisa), a mais velha das filhas; Tania, a única que não teve o nome alterado; e a caçula, Chaya (Clarice).

Depois de cinco anos árduos na capital de Alagoas, os Lispector se mudaram para Recife. Lá, ficaram até 1935, quando, após o falecimento de Marieta, Pedro e as filhas partiram para o Rio de Janeiro, em busca de melhores condições de vida. Essa penosa saga familiar é narrada neste romance.

Na foto feita na capital de Pernambuco, s./d., estão (da esquerda para a direita) Marieta, Clarice, Elisa, Tania e Pedro Lispector.

No Leste Europeu, antes dos *pogroms* de 1919 – a violenta perseguição aos judeus –, a família tinha uma vida confortável. Nos dois retratos feitos na Ucrânia, pode-se ver o casal Lispector mais jovem.

Marieta ainda estava saudável, antes de ser assolada pela sífilis. Na biografia de Clarice Lispector, Benjamin Moser – que também assina a apresentação deste livro – conta que os relatos que encontrou em *No exílio* o levaram a investigar a possibilidade de Marieta ter sido estuprada por soldados russos.

Pedro era um jovem comerciante, filho de judeus, que teve seus negócios destruídos pela guerra e pelo antissemitismo. No Brasil, continuou a exercer o ofício, porém sem muito êxito. Veio a falecer no ano de 1940.

Com a doença de Marieta, Elisa não pôde viver a infância plenamente. Aos 9 anos, já assumia responsabilidades domésticas. Diferentemente das irmãs, tinha visto mais de perto a pobreza vivida no Leste Europeu e também a obstinação da mãe, que ignorava sua enfermidade para ir atrás de alimento em pleno inverno ucraniano.

As irmãs Lispector fotografadas em Recife, em setembro de 1927. Da esquerda para a direita, Tania, Elisa e Clarice.

© IMS / Paulo Gurgel Valente

Marieta faleceu no início da década de 1930. Em 1935, Pedro, Tania e Clarice chegam ao Rio de Janeiro. Elisa se junta a eles pouco depois.

O registro dos anos 1930 mostra as irmãs mais crescidas. Da esquerda para a direita, Tania, Clarice e Elisa.

Então com 24 anos, Elisa passa em primeiro lugar no concurso para o Ministério do Trabalho e ingressa no serviço público federal, oferecendo certo conforto financeiro à família.

Na foto, de setembro de 1952, da esquerda para a direita, estão Tania, Clarice e Elisa. Segundo Nádia Battella Gotlib, biógrafa de Clarice e de Elisa, nesta foto, a autora de *Água viva* estava grávida de seu segundo filho, Paulo Gurgel Valente. A irmã Tania, em 1940, tivera sua filha Marcia Algranti – que assina o prefácio desta edição. Já Elisa nunca viria a se casar nem a ter filhos.

Em junho de 1947, Elisa dedica uma foto à irmã Clarice, que à época estava exilada em Berna, na Suíça. Na legenda, lê-se: "Para Clarice, com a minha saudade. Elisa."

A partir daquele ano, Elisa passa a se dedicar ao jornalismo e estreia na literatura. Inspirada pela angústia e solidão após a morte do pai, começa a escrever e, em 1945, publica seu primeiro romance, *Além da fronteira*. Depois vieram este *No exílio* (1948), *Ronda solitária* (1954), *O muro de pedras* (1962), *O dia mais longo de Thereza* (1965), *A última porta* (1975) e *Corpo a corpo* (1983), considerado por muitos estudiosos um tributo à irmã Clarice, que Elisa perdeu para o câncer em 1977.

Elisa na varanda de sua casa em Botafogo com a sobrinha Marcia Algranti, nos anos 1940.

Em seu prefácio, em que fala de Elisa sob o ponto de vista familiar, Marcia relembra a figura carinhosa que era "a tia Elisa". Muito dedicada, nas palavras da própria Marcia, Elisa tornava qualquer momento inesquecível, como as longas conversas e as idas ao cinema e à livraria.

© Acervo pessoal Marcia Algranti

Elisa exerceu seu cargo no Ministério do Trabalho até se aposentar. Alçava importantes funções tanto no Brasil quanto no exterior. Dentre os grandes feitos de sua carreira, contam-se duas conferências internacionais do trabalho em Genebra; dois congressos sobre previdência social, em Buenos Aires e em Madri; a ida, em nome do Brasil, à reunião da Organização Internacional do Trabalho (OIT), no Peru; além de ter secretariado a Conferência dos Estados da América, com membros da OIT, em Petrópolis.

Depois da aposentadoria, deu início à sua produção como contista, publicando os livros *Sangue no sol* (1970), *Inventário* (1977), e *O tigre de Bengala* (1985), sua antologia de contos.

9.

Manhã de sol. As árvores de um verde novo; no ar o doce aroma de primavera.

A cidade despertou num movimento desusado. Enfim, os emigrantes aprontavam-se para a partida. De todos os pontos afluía gente à praça do mercado, onde estacionava longa fila de carros. Quem passava por perto detinha-se, presa da curiosidade ante aquela multidão maltrapilha e barulhenta. Todos falavam ao mesmo tempo, e na limpidez da manhã fria e cristalina, as vozes, há tanto tempo acostumadas aos lamentos, soavam estridentes, como o grasnar de corvos. Os cavalos, impacientes, mordiam os freios, relinchavam e faziam grandes poças de urina.

À saída da cidade, uma camponesa cruzou à frente dos carros com dois baldes cheios de água, e Marim interpretou o fato como bom augúrio.

À noite, atingiram a floresta, e, aproveitando a escuridão, fizeram a travessia.

Quando a lua surgiu no céu, a caminhada já ia adiantada e as forças, por cederem. O areal era profundo, a estender-se numa esteira que se diria sem fim. As poucas bagagens pesavam, o próprio corpo era chumbo. Às vezes, a marcha ralentava, alguém ficava para trás e demorava muito a ressurgir.

Pinkhas trazia a bagagem às costas e Nina ao colo. Amparava a mulher.

— É um pouco mais, só mais um pouco. Vês?, o dia não tarda a raiar, então descansaremos. Dá-me o braço, assim. Suporta mais um pouco.

— Papá, veja, uma casa! Ali, ali.

Pinkhas olhou na direção em que a filha apontava. Era ligeira ondulação de terreno que alguns arbustos riscavam, ao luar, com sua sombra esquelética e nua. A areia muito branca e fina, essa mesma areia na qual eles vinham atolando os pés havia já algumas horas, espiava por entre as sombras dos arbustos e bem podia parecer um terreiro. Podia ser tomada, até, pela parede caiada de uma *isbá*.

— Talvez seja — respondeu com voz sumida. — Vamos andar até lá. — Mas ele próprio já não tinha mais alento. Cansaço imenso e um sono quase impossível de vencer iam-lhe minando a vontade. Era como se tivesse o corpo todo crivado de sanguessugas a atingi-lo até a medula. O tronco vergava a cada passo, a consciência sumia aqui e ali, perdida a noção do que lhe ia em torno, vagamente sentindo apenas as pontadas nas costas e a sensação de vazio no estômago. Ah, se pudesse descansar, se pudesse dormir.

Dormir tornou-se a obsessão de todos aqueles viandantes, como é o desejo de aplacar a sede, no deserto árido e abrasador. Poder dormir, esquecer. Mas um resquício de consciência o açoitava e impelia para diante. Os pés eram penosamente retirados do atoleiro da areia e tornavam a ser afundados nela, passo a passo, continuadamente, interminavelmente.

— Pini, onde está Ethel? Pini, paizinho, onde está a criança?

— Ethel, disseste? Sim, onde está? Ethel! Ethel! Judeus, valei-me. Onde está minha filha?

Subitamente, ele que tinha as forças por se extinguirem transformou-se em nervos e ação. Toda a coluna humana deteve-se, por instantes, fragmentando-se em segmentos. Pinkhas movia-se por entre a multidão com a angústia no coração e um temor desesperado a martelar-lhe no cérebro.

O serpentear humano já ia distante, apenas Pinkhas e os seus haviam ficado na retaguarda, quando divisaram uma sombra minúscula subindo vagarosamente a encosta de uma duna. Por muito tempo ela caminhara segura ao braço da irmã, depois, insensivelmente, as duas se desgarraram e, silenciosa e dócil que era, Ethel deixara-se ir sozinha. A tampa da chaleira que lhe deram para carregar desprendera-se e ficara pendurada pela correntinha, e aquele dlin-dlin ia embalando a vigília da pequena emigrante.

Quando o terreno criou crosta sólida e a luz da manhã fendeu as nuvens que cobriam o céu, os emigrantes avizinharam-se de um povoado deserto. Entraram e foram-se espalhando por entre as ruelas e os cercados adentro. Num estábulo, uma vaca magra ruminava sobre a manjedoura vazia; de um poleiro, uma galinha voou com estardalhaço, como ave noturna assustadiça. Num quintal distante, um galo anunciou o dia e seu canto não encontrou repercussão.

Aos magotes, eles foram derreando os corpos moídos de cansaço, e por todo o dia dormiram um sono de miséria e esquecimento.

A noite ia avançada. O Dniester brilhava, ao luar, em reflexos de azul e prata. O silêncio fecundo da mata revigorava, incutindo sentimentos de paz. A folhagem pendia, na quietude do sono; as rãs coaxavam nos brejos, e os pirilampos emitiam cintilações de pedraria.

Canoas começaram a cortar as águas tranquilas. Na margem oposta, mãos estendiam-se para os emigrantes. Às costas apontavam espingardas, mas que não seriam empunhadas contra eles. E, para sua surpresa, a aldeia a que aportavam olhava para a noite de portas e janelas abertas, desassombradamente! Aqui ninguém temia a noite, nem os crimes que para os fugitivos ela sempre abrigara. E nas casas havia luz. Grandes lampiões de querosene iluminavam com chama límpida os lares simples e apraráveis, e sobre as mesas postas pão, pão de verdade, chá, e arenques defumados. Depois eles dormiram em leitos também de verdade, com lençóis trazendo na brancura o cheiro bom do rio, e travesseiros limpos e macios — leitos como os de toda gente.

O dia que se seguiu deveria ser um dia de graça. Queriam todos desafogar-se, não pensar. Mas em vão o tentavam. Seu descansar era repleto de novos cuidados. Não conseguiam rir, nem folgar, por mais que o quisessem. Deixaram-se, pois, estar ao sol, às portas das casas, ou estendidos nos alpendres, denunciando completa quebra de *élan*. E à noite, tardaram a conciliar o sono que tantas vezes desejaram, permanecendo sentados, em grupos, nas escadas das varandas, em pesado silêncio. Nem mesmo se miravam mutuamente, que era para o olhar não trair o pensamento.

Na outra margem do rio começou a chover. Forte aroma de terra subia no ar, o aroma da terra que fora sua, e vinha até eles, no desterro, e sufocava, triturava o coração até assomarem lágrimas aos olhos.

10.

A nova terra era próspera, mas ciosa e avara. As hospedarias estavam repletas, e todas as ocupações possíveis e imagináveis já tinham sido exploradas pelos emigrantes que os precederam. Por isso, rejeitava-os cidade por cidade: Vartagén, Soroca, Kichinev.

Os emigrantes pararam em frente a um portão que abria para um pátio mal iluminado, onde se erguia pesado edifício cinzento e lúgubre. Era a habitação coletiva destinada à quarentena. E à sua chegada, não houve mais luz nem afabilidade. Carrancudos funcionários arrancaram-lhes das mãos as bagagens para serem esterilizadas, borrifaram-nos às pressas com um líquido picante e malcheiroso, indicaram-lhes, com displicência, os alojamentos que lhes cabiam, e retiraram-se, sonolentos.

A Pinkhas e aos seus couberam duas camas estreitas, sobre as quais sobrepunham-se outras, já ocupadas, enfileiradas num longo corredor juncado de leitos semelhantes, repletos de gente, a atmosfera quente e viciada.

As crianças, exaustas, logo adormeceram. Pinkhas e Marim permaneceram simplesmente deitados.

— Pini, você dorme?

— Não, não durmo.

— Pini, que será de nós?

— Que será de toda esta gente? — retrucou. Após, anuiu, pressuroso: — Sim, Marim, que vamos fazer?

No fim do corredor, um recém-nascido vagia, debilmente. No leito contíguo ao de Pinkhas, um homem tossiu demoradamente, expectorou, rogou uma praga e virou-se para o outro lado, fazendo o estrado ranger sob o seu peso. De um dos leitos superpostos, ouviu-se o cantarolar baixinho de uma voz profunda e macia de contralto. Eram fragmentos de uma canção popular russa. E o seu canto trouxe para o corredor escuro e pestilento a brisa agreste dos campos, a claridade do luar, a frescura das águas correntes. Depois a voz se foi estrangulando em soluços abafados, enquanto uma outra voz, esta, máscula e firme, acalentava: *Liubuschka, milaia.*

Dias depois, quando irrompeu o sarampo na hospedaria, as filhas de Pinkhas adoeceram e, sem que ele se pudesse opor, foram isoladas num hospital distante do centro da cidade. Também teve de internar a mulher, que as condições do alojamento e sua impossibilidade cada vez maior de arrastar-se diariamente até a cozinha gratuita onde lhes serviam uma sopa gordurosa e suja tinham atingido um limite intransponível.

Pinkhas vagueava agora sozinho pelas ruas. Via luzes, carruagens de luxo, *tramways*, gente limpa e bem-vestida circulando pelos *trotoirs*. Todos integrados na vida — uma vida sã, de afazeres e interesses. E quando lembrava a casa coletiva, com suas dores e misérias, tinha a sensação de haver resvalado tão baixo de onde, parecia-lhe, jamais poderia reerguer-se. E em meio a esses pensamentos, interpunham-se outros.

Detinha-se, muitas vezes, a cogitar sobre o sentido da vida, perguntando-se se, já agora, um lar confortável e o labor fecundo lhe bastariam, e se chegaria a recobrar a perdida paz de espírito. De si mesmo indagava se um dia ainda poderia sentar-se à porta de sua casa, a olhar o céu e a escutar a voz do silêncio, como um homem que concertou todos os seus negócios e quefazeres, e tem o coração tranquilo e a fé no amanhã, pois já não teria ele vazado todas as agruras?

Não tardava, porém, em recair na realidade absorvente. Era preciso agir, diligenciar. Mas toda tentativa saía-lhe entornada. A cidade estava repleta de emigrantes, e nenhuma fábrica, construção alguma queria aceitá-lo. Só restava o biscate, mas não havia com que iniciá-lo, nem ninguém lhe daria crédito, que ali ele era um estrangeiro.

Não obstante, insistia, com uma esperança enganadora não sabia de quê. Uma manhã olhava uma lojinha de calçados. Calculava mentalmente, fazia planos, quando sentiu que alguém o tomava pelo braço. Voltou-se e deu com Herchel, seu vizinho de loja, lá na sua cidade.

— Herchel, Herchel!

E Pinkhas abraçou-o tão fortemente, como se com esse abraço estivesse enlaçando a terra distante, a sua gente, e a vida humana e ordenada que deixara para trás. Passado, porém, o momento de efusão, reparou, não sem constrangimento, na diversidade de situação em que os dois se encontravam. Herchel tinha a face escanhoada, os bigodes bem aparados; estava calmo, bem-vestido. Toda a sua pessoa irradiava, senão prosperidade, pelo menos ausência da penúria que marcava o semblante e as vestes de Pinkhas. Herchel também o notou, e quis auxiliar o amigo. E como fosse um homem de dignidade e compreendesse que os demais também a tivessem, não deu dinheiro a Pinkhas, emprestou-lho. E ele o aceitou, pois, com o tomar um empréstimo, assumia um compromisso que saberia honrar.

Sair da hospedaria, onde a miséria em comum se fazia tão mais execrável, foi a primeira providência de Pinkhas.

Por algum tempo ainda, Lizza continuou a cruzar o *boulevard* com a marmita na mão, em demanda à cozinha coletiva, como em Gaicin, após a revolução, ia para a fila da ração de pão da cooperativa. Mas agora ia descalça, que os sapatos haviam acabado, e as vestes eram surradas e excessivamente curtas. Eram, ainda, as roupas com que tinha saído de *sua* cidade, mas que não lhe cabiam mais. Ela crescera, e tinha vergonha.

Vergonha e dor eram as únicas manifestações de sua escassa compreensão. Era acanhada e triste, desajeitada de movimentos, os olhos selvagens, e mesmo assim, ao circular pelas ruas, tinha de esquivar-se das acometidas de jornaleiros e cocheiros, cujas palavras e intenções não entendia, mas que a amedrontavam pelas expressões de que eram acompanhadas.

Aproveitando a escapadela, ia ver o pai, no mercado.

Entrar no mercado era penetrar numa babel na qual se falava romeno, iídiche, russo, polonês, mas onde a mímica e a vista do dinheiro operavam mais rapidamente que todos os idiomas juntos. E, por entre bancas com roupas usadas, pentes e cordões para sapatos, aves abatidas, dava com o pai sentado diante de uns caixotes toscos à guisa de balcão, e sobre eles um amontoado de sapatos ordinários. E aquilo lhe doía. Era como se o tivessem obrigado a representar de trapeiro, ali, em plena feira, com tantos olhos cravados nele impiedosamente. Espantava-se de ver o pai sujeitando-se à situação, sem dizer nada, e, pelo contrário, dando tudo por bem dado.

Saía do mercado com passos estugados, a boca mais pronunciada, os olhos mais cegos para o que lhe ia em derredor.

Mas, ao chegar às ruas centrais, não podia deixar de deter-se diante das vitrines luxuosas. Não eram os objetos expostos à venda que atraíam sua atenção; eram os manequins.

Se as pessoas pudessem ser assim, pensava, *se pudessem estar sempre limpas, os cabelos ondulados e lindos, ter esse ar risonho e esse brilho no olhar — esse jeito gracioso de quem pisa em tapetes macios e se vai encaminhando para uma sala de baile, ou o chá, no jardim.* De repente subia-lhe às narinas o odor grosso e nauseante da sopa na marmita; e uma raiva surda turvava-lhe o coração.

Mas ainda tinha aquilo pelo que esperava a semana inteira: a visita à Casa de Misericórdia. O pai ajudava-a a lavar e vestir as irmãs, ela própria se arrumava o melhor que podia, e lá iam visitar a mãe. Levavam-lhe pão, uvas e maçãs.

Após longa caminhada ao sol, chegavam até os altos muros, entre temerosos e excitados. Entravam. Marim beijava as crianças, e chorava silenciosamente. Mostrava-as às outras doentes da enfermaria; orgulhava-se das filhas. Contemplava o marido com olhos amorosos e ávidos, e agora esquecia tudo que não fosse ele. Queria saber de seus afazeres, se se alimentava bem, com quem se encontrava, e se ainda não havia chegado resposta do irmão, na América. Perguntava por tudo, e mal tinha vagar para ouvir as respostas. O tempo para as visitas era limitado, que a caridade pública é desdenhosa e severa. Desumana. Como é o tratamento que se dispensa aos delinquentes e encarcerados.

Depois iriam embora, ele, e as crianças, e ela ficaria novamente só, entre a indiferença plácida de estranhos, sem uma palavra de conforto, uma fagulha de alento.

Marim segurava entre as suas as mãos do marido, e sentia os minutos fugirem, a angústia doendo-lhe na carne. Tinha ímpetos de beijar-lhe as mãos, ao menos. Mas intimidava-se, ali, na frente de desconhecidos. E já a enfermeira, forte e rija, aparecia na porta. Era o sinal do término da hora das visitas. Então Marim beijava as crianças, o marido beijava-a na face, e, cabisbaixos, saíam do hospital branco e frio, deixando Marim para trás dos muros.

11.

De Kichinev a Galatz, de Galatz a Bucareste, de Bucareste a Budapeste, os prazos de permanência se esgotando, e, agora, não só dos Estados Unidos, como também do Brasil, para onde haviam apelado, tardavam as cartas de chamada. Às aventurosas incursões preliminares em cada uma dessas brilhantes cidades, sucedia-se o perambular desesperançado.

— Papá, como aqui é bonito, veja! — exclamava Lizza.

Ele próprio maravilhava-se ante o aspecto novo de cada cidade. Depois divisava-lhe a face sombria, maliciosa e crua. O braseiro cobrindo-se de cinzas, frias cinzas repulsivas, impregnando tudo dessa substância informe, incolor e desesperadora que é a miséria. As ruas faziam-se aos seus olhos mais tortuosas e escuras, o casario estranho, as pessoas, de semblantes hostis, senão apenas indiferentes. Máscaras. Máscaras avermelhadas pelo frio, mas todas desconhecidas e impassíveis.

A única janela, alta e estreita, de seu quarto de hotel dava para um pátio quebrado e sujo, sempre a sujidade acompanhando a indigência. E dentro do pequeno quarto de paredes manchadas, o fogareiro de ferro velho negava-se a aquecer. O frio instalava-se nos ossos e no estômago. Os arenques eram por demais salgados e duros; o chá, sem açúcar; a vida, sem horizontes.

Então Pinkhas tornava a sair para a rua, em busca do que fazer, na esperança quase selvagem de ao menos atordoar-se e esquecer. Ao fim do dia, quando já havia andado e inquirido bastante, conseguido aqui um biscate, acolá coisa alguma, encaminhava-se para a amurada do Danúbio. E o grande rio, vasto lençol de neve imaculada, ancorada de onde em onde uma embarcação prisioneira do gelo, refrescava sua mente febricitante.

A cidade ampliava-se, por trás dele. Os rumores amorteciam. As hienas recolhiam-se. Os caminhos tornavam a ficar brancos, o céu tomava um tom azulado e branco. Pinkhas ficava a cismar por longo tempo, a princípio fixando a paisagem melancólica e límpida, em seguida abstraindo o próprio rio e o céu aberto.

Quando começavam a despontar as luzes da cidade, voltava, com passos lentos e derrotados.

O irmão, na América, negaceava. Mandava esperar uma semana, um mês. As cartas de chamada do Brasil vieram, afinal.

12.

O navio aproximava-se dos trópicos. A temperatura, amena; as noites, límpidas, estreladas. Pinkhas não tinha sono. Subia ao tombadilho, cruzava as mãos atrás e passeava da popa à proa, e desta àquela. Às vezes parava, debruçava-se sobre a amurada do navio, perscrutava as águas profundas e negras do mar e experimentava uma sensação até então desconhecida. Diante da amplidão do céu e do mar a perder de vista, sentia-se integrado num plano mais extenso e imponderável da vida.

No porão, o calor e o ar viciado sufocavam. Marim dormitava, após um dia de náuseas e mal-estar. Ethel e Nina também dormiam. Só Lizza não conseguia conciliar o sono. Virava-se constantemente de um lado para outro, cansada, enervada. Pressentia o navio cortando as águas escuras, seu trajeto marcado pelo balançar cadenciado com que o navio se inclinava para um lado e outro, como o carpir de uma mulher velha, sem forças nem consequências, num ermo sem fim. E quando uma ratazana enorme e lerda, os pequeninos olhos fuzilando por entre o pelo cinzento e repelente, passou sobre o travesseiro, roçando-lhe o rosto, toda a sua tensão nervosa explodiu em asco e revolta.

Mordeu as mãos para não gritar, a fim de não acordar os que dormiam, mas já não podia continuar deitada. Então saltou do leito e galgou a escada para fora do porão. Sabia o pai lá fora, procurou-o e, reunindo-se-lhe, com ele deu de andar acima e abaixo, ensimesmada como Pinkhas.

A brisa fresca, lavando-lhe a face, foi-lhe restituindo, gradativamente, a serenidade. Aos poucos, começou a tomar interesse pelo que lhe ia à volta.

Da primeira classe vinham os sons da *Viúva alegre*, de Lehár. Como era bonito. Deteve-se junto à escada, fascinada pelo deslumbramento das luzes, dos sons e a beleza e o encanto das damas e cavalheiros que passeavam, conversando, rindo, e fumando de delgadas e brilhantes piteiras.

Pinkhas também havia parado, e olhavam, ambos, para aquele mundo tão diferente do porão da terceira classe, um mundo feliz e descuidado, onde os adultos recreavam-se como crianças despreocupadas.

A um dado momento, alta e loura, trajando decotado vestido de lantejoulas, longos braços à mostra, a mulher reparou na menina, voltou e reapareceu com as mãos cheias de bombons. Estendeu-os a Lizza, sorrindo muito e proferindo palavras untuosas. *Devia estar dizendo amabilidades*, pensou a menina, e fitava-a com espanto e admiração, não querendo aproximar-se e não tendo ânimo para retroceder. A dama insistia, sorria sempre e estendia ainda mais os braços nus, longos e finos. Então Lizza subiu alguns degraus até a dama alta e esguia e colheu seu sorriso arqueado bem de perto e o punhado de bombons raros e tentadores. Mas no momento em que o fazia, olhou de esguelha para o pai, e viu-lhe olhar triste, os lábios crispados. Agradeceu, confusamente, desceu a escada, e agora não sabia que fazer com *aquilo*. Sentia haver interposto uma barreira entre ela e o pai. Num movimento brusco, correu até o parapeito do navio e jogou os bombons no mar.

Agora, pensou, *tão simples aproximar-me do pai*. Entretanto, permanecia atoleimada, os pés fincados no mesmo lugar, sentindo haver algo errado, mas não sabendo o quê. Aliás, era tão difícil compreender uma porção de tantas outras coisas. Muitas pessoas não estavam em seus devidos lugares, e sempre aconteciam coisas que não deveriam suceder. Dentro de si mesma esbarrava constantemente numa quantidade de obstáculos e contradições. Olhar para dentro de si própria era como perder-se numa caverna sem fim.

A esses pensamentos, sentiu um desamparo muito grande, um nó a apertar-lhe a garganta, e uma vontade tão grande, mas tão grande de chorar, ou de morrer.

Saiu de sua abstração ao sentir a mão do pai sobre a sua cabeça.

— Vamos, Lizzutschka, já é tarde. É hora de dormir.

Desceram.

O navio virava rumo à aurora, as estrelas, esmaecendo; o ar, frio, e um silêncio desolador sobre o oceano inteiro.

13.

Noites quentes, tenebrosas e lentas. As ruas, desertas. Os lampiões de gás zunindo constantemente, como um moinho a ruminar um tédio interminável.

Pinkhas passeia pelo comprido corredor penumbroso para onde dão todos os quartos da casa, quartos de teto sem forro, escuros e úmidos, só ventilados pelas frinchas das telhas. Ele anda, para.

Hoje é terça, depois, quarta, quinta... Recomeça o vaivém. *Todos os dias iguais. Não vejo saída. Não encontro uma solução.*

A angústia ronda com ele, como com um sentenciado no cárcere. As crianças dormem. Somente Lizza está acordada, entretida no seu lazer de todas as noites. Depois que deita as irmãs, tira a mesa e lava os pratos, vem postar-se à janela, e por muito tempo fica a olhar para esta rua longa e vazia que fica no fim da cidade — melhor fora dizer no fim do mundo. Parece que seus habitantes dormem sempre, eternamente. Mesmo durante o dia, só a anima o rude linguajar dos carroceiros e o barulho das rodas das carroças sobre o leito irregular do caminho, transportando açúcar bruto para a refinaria. À tarde, torna a ficar tudo quieto. Só se vê a esteira escura e viscosa do açúcar derretido e se sente o odor forte e enjoativo que impregna o ar.

Considera, com tristeza, a menina esquiva e solitária, e torna a embrenhar-se em seus pensamentos.

Seus passos ecoam com regularidade e monotonia sobre o chão de tijolos gastos; depois que morrem no fim do corredor, tornam a crescer em direção à sala, sempre no mesmo ritmo, na mesma determinação desesperada. Quando o corpo alquebrado se nega a prosseguir na ronda, deita-se na rede e começa a fumar, enganando a saudade que vem povoar sua vigília. É a saudade amarga da esposa, longe, entre estranhos, recolhida a um hospital de misericórdia.

Que tratamento estarão lhe dispensando? Quem se lembrará de dizer-lhe uma palavra amiga?

E que dizer da saudade que ela estaria sentindo dele e das filhas?

Impulsiona a rede com força num ímpeto de querer gritar. Passa a mão nervosa na garganta. Nem escrever ela pode. Ele recebe cartas, sim, mas são da Rússia, e todos, invariavelmente, clamam por auxílio.

— Que fora feito dele? — perguntam —, ele, que está na América?

Ah, pensa com aflição, *se soubessem o quanto sou livre e feliz...*

O navio aportara a Maceió, sob um sol a pino. Canoas oscilantes e frágeis trouxeram-nos até a praia. Dora e Henrique não estavam para recebê-los. Haviam-se ausentado a passeio e a negócios. Foram estranhos, uma vez mais, que os acolheram.

Recorda o percurso até em casa, longo e difícil. As ruas, mortas. Portas cerradas, venezianas descidas. Mormaço. Alguns balaieiros apregoavam molemente suas mercadorias; homens bronzeados, de reluzentes bustos nus, carregavam grandes fardos sobre a cabeça. Junto às casas de porta e janela, enfileiradas caminho em fora — intercalada aqui e ali uma vivenda mais próspera —, crianças inteiramente nuas e sujas de terra interrompiam os brinquedos à sua passagem.

Os dias que se seguiram, com o retorno da irmã de Marim e do cunhado, foram excitantes e aprazíveis — dias e noites de um mundo novo, um mundo melhor. E trouxeram uma pausa nas agruras e preocupações dos recém-chegados imigrantes.

Depois... depois... o calor sufocando... Dora cortando chita e brim para vesti-los. Os mosquitos mordendo. Dora completando as vestes dos imigrantes com roupas usadas dela e dos filhos. Os mosquitos zunindo. A febre intermitente gelando e queimando. A alegria do mundo novo escasseando. A impaciência escoiceando. E o bom senso tacanho, o velho senso ordenador e avaro chicoteando: "Que a vida era árdua, difícil, que não se enganassem com as aparências, não. A abastança que viam ali era fruto de trabalho penoso, de muita economia e perseverança." Marim encolhendo-se. Nunca, até então, representara o papel de irmã pobre. Pinkhas escutando com o pensamento distante.

Quão pouco eles se conheciam! Onde os liames da compreensão, ou o mais tênue vislumbre de afinidade? Que língua essa, a que eles falavam? E Dora, como estava diferente da que ele conhecera em outros tempos, em casa do sogro — afável, de alma leve. Não o pecado da avareza, não o da soberbia. Era, então, uma menina de alma simples, de tranças louras e grandes olhos azuis límpidos e puros.

Mas não havia que perder tempo com devaneios. Certamente, no seu alheamento, transgredira as regras do Moloch da estultícia.

— Ah, quer dizer que depois de todas as despesas e trabalhos que tivemos para trazê-los...

Henrique investia, raivoso, autoritário, enquanto Pinkhas, sem compreender, mantinha-se na defensiva.

*

... Pinkhas ensinando o *alef bet* a crianças estranhas e indóceis... Batendo de porta em porta para vender os cortes · de brim que Henrique contara meticulosamente e Dora recontara com tanto cuidado antes de ele metê-los na mala..

E a fome instalando-se sorrateiramente em casa. A derrota apegando-se aos seus calcanhares, andando com ele, passo a passo. A febre queimando, a sede castigando. O sol, enorme globo de fogo; a terra, seca, vermelha, incandescente.

— Seca, aridez, incompreensão sobre a terra inteira.

À aridez vermelha e tórrida das ruas empanadas pelo mormaço, seguiu-se a atmosfera do nauseante odor do sebo e o causticante veneno do breu. Pinkhas a rondar em torno do caldeirão fervente. Os olhos de Henrique vigiando. E novamente o calor queimando, as ânsias do corpo e da alma extenuando.

— Henrique, preciso que me empreste algum dinheiro. É para levar Marim para o hospital. Preciso interná-la.

Henrique esboçando um sorriso num canto da boca.

— Bem, mas você sabe...

— Marim tem um colar de ouro. Posso empenhá-lo.

Henrique sorrindo, agora satisfeito, cordato.

Pinkhas conduzindo as crianças para a casa do cunha do; em seguida, à claridade da lua cheia, a canoa transpor tando-o e a Marim para o navio que os levaria a Recife

14.

Atravessando o longo corredor com passadas macias sobre o chão atapetado. Dora indicou às meninas o cômodo que lhes destinara. A empregada estava de folga por uns dias; e ficando, elas não estorvariam. Apagou as luzes, fechou portas e janelas e retirou-se para os quartos da frente, onde ela, o marido e os filhos dormiam.

O silêncio abateu-se sobre a casa toda, só alfinetado pelo zumbir dos mosquitos. Lizza observou o quarto, à luz tênue que se filtrava através da única telha de vidro, e sentiu enorme desânimo. Era pouco mais largo que o corredor da casa, e ela não sabia como acomodar-se com as irmãs na única e estreita cama de ferro que o mobiliava.

Em seguida uma nuvem demorada empanou a luz. A escuridão adensou-se. O calor sufocava. Acomodou as crianças e esperou. A noite encompridou, e sua aflição também. Nina chorava o tempo todo, e, entre um acalanto e outro, parecia a Lizza ouvir a mãe chamando por ela, e a cada instante tinha a impressão de que o pai ia entrar ali, ia ajudá-la a acalmar a menina, ia aliviar o tormento de seu próprio coração. Ethel dormia num sono agitado.

E a imaginação de Lizza, melhor fora dizer sua intuição, começou a perpassar por sensações novas e estranhas. Com o aguçamento da sensibilidade, à impressão já velha de estar tateando entre obstáculos e pensamentos que não sabia definir, sucedia-se um súbito aclaramento. Dir-se-ia que, repentinamente, aquilo que sempre pressentira, e que até agora se esquivara ao seu entendimento, tornava-se claro e fluente. Sim, agora compreendia muita coisa que antes escapara à sua percepção. Se ainda não alcançava inteiramente o mundo dos adultos, descobrindo-lhes todos os móveis e ações, em compensação, deparara com um mundo de sonhos que sabia interdito a eles.

— À maioria deles — emendou, recordando a placidez cúbica de tia Dora, e a agitação dispersiva de pássaro debicando da pequenina d. Rachel, que os visitava de tempos em tempos, acompanhada do marido, alto e magro, sempre de ar soturno. Quanto ao velho sr. Horn, era tão rixento, e tinha sempre tantas dívidas a saldar, e tantas mágoas por lavar, Deus e o mundo estavam constantemente contra ele, que certamente não lhe restava tempo para outra coisa senão discutir, falar e falar.

Por um momento, deteve-se na lembrança do pai, e sentiu uma tristeza muito funda. Depois tornou a mergulhar nos seus devaneios. Deslumbrava-se com a própria capacidade de sonhar e de evadir-se da mesmice angustiante em derredor. Por exemplo, fitando a estrela que se avistava através da telha de vidro, podia alçar-se até ela, abandonando a casa da tia, em seguida a cidade, e a Terra, elevando-se sempre, até ver o mundo pequenino assim, girando no espaço aberto. E o espaço se ampliando cada vez mais e mais... De repente deteve-se, intrigada.

— E depois do espaço aberto, e do silêncio incomensurável?... Onde acabava o espaço? Era aí que começava Deus? — Até já quase podia conceber a ideia da amplidão sem limites do espaço; por mais que se esforçasse, porém, não conseguia apreender a imagem de Deus.

— Onde estava Deus? Estaria no espaço, ou... Mas, por que haveria de ficar tão longe dos homens? — perguntava-se. — Seria porque Ele é grande e poderoso, e os homens, tolos e aborrecidos?

Ethel murmurou qualquer coisa, no sono; Nina retomou o choro agastado interrompido havia pouco. Lizza voltou à realidade, às preocupações. Quando clareou, pegou as crianças e foi saindo. À porta, deram com a tia.

— Para onde vão assim tão cedo? Que há?

— Nada, não. Vamos para casa.

— Vão para casa? Mas vocês ainda não tomaram café. De mais a mais, não têm que ir a parte alguma — acentuou, autoritária. — É aqui que vocês vão ficar.

— Não, nós vamos embora — retrucou Lizza. — É melhor ficarmos em nossa casa. — E, sem dar tempo a outras observações, tomando Ethel pela mão e com Nina ao colo, saiu portas afora, arrastando os tamancos pela calçada deserta banhada pela dourada luz da manhã.

15.

A noite ia alta. Pinkhas levantou-se da rede e foi até a janela. Debruçou-se sobre o parapeito e ficou esperando o dia raiar, fumando e cogitando.

Dia a dia, Henrique apertava o cerco. Hoje restringia aqui, amanhã, acolá. O contrato rezava que eram sócios, sim, mas... E desenvolvia uma argumentação longa e cruel. Pinkhas ouvia e calava. Tudo era tão estranho e confuso a seu redor. E fosse ainda só a questão dos lucros... Mas ele não lhe dava tréguas.

— Nos dias em que não havia cozimento de sabão, que ficava fazendo, vendo os outros trabalharem? — perguntava.

A resistência de Pinkhas era débil. Naquele lamaçal de pobreza e de subestima humana, ia perdendo um pouco da segurança, da confiança em si e da fé na vida. Sujeitava-se, pois. E agora, quando não ficava no andaime, rondando em torno do gigantesco caldeirão fervente, suportando o calor e as exalações do inferno, tirava a camisa e emparelhava-se aos serventes, e, com eles, arrastava fôrmas sebentas, carregava caixotes. Sua palidez macilenta contrastava pateticamente com o negro luzente dos carregadores, sua debilidade e magreza acentuava-se mais, em confronto com as musculaturas rijas dos trabalhadores braçais.

Em casa, o alimento não era suficiente para saciar a fome. Peixe e um pouco de batata-doce era o milagre que Lizza sabia realizar com os poucos cruzados que ele lhe dava.

— Se até nas horas de lazer tenho de depender de Henrique...

Teve um movimento de impaciência, a angústia subindo-lhe ao coração, ao relembrar o jeito esquivo de Dora, dizendo que não recebera os jornais naquela semana — não, disse, num recuo manhoso de pantera.

E o *The Day,* em versão judaica, era o seu único elo com o mundo, naquela província distante, sem ter tido tempo, ainda, de aprender a língua nem assimilar a cultura do país. Tinha, portanto, de submeter-se.

*

Também Lizza submete-se-lhe.

As tardes arrastam-se vazias, inúteis, terrivelmente solitárias. Sente crescer dentro de si a amargura, mesmo à margem de sua vontade. Tem remorsos de ser assim, recrimina-se, mas, embora procure disciplinar-se, a revolta grita nela mais alto que sua rígida noção de dever, de obediência e do constante ter de anular-se nos trabalhos e nos cuidados.

— Que gostaria de fazer, onde desejaria estar? — pergunta-se. Olha à sua volta, e nada que lhe diga de perto. Nada. Sem uma oportunidade realmente sua. Olha para dentro de si, e sente o medo gelar-lhe o sangue. E não há ninguém a quem possa pedir amparo.

Sente desabrochar em si algo assim como uma flor estranha, selvagem, que a apavora e deslumbra há um tempo. Tem sonhos esquisitos e tristezas súbitas. Não raro contempla o próprio corpo com sensação nova e temerosa. O corpo magro entra em floração. A mente, habituada aos longos solilóquios, começa a tecer fascinante trama. Com a atenção e os sentidos alertados, tateia, à procura de uma aplicação para as energias em ebulição, mas por toda parte encontra as portas fechadas. Cada vez menos tolera sua prisão, sobretudo quando, muito cedo, pela manhã, vai comprar o hediondo peixe com maresia, e vê passarem crianças, como ainda quase o é, a caminho da escola.

— Ainda se tivesse essa evasão.

Oh, como odeia o casarão comprido e sombrio, e os quefazeres cotidianos. Porque ela compreende a extensão do sacrifício de sua infância, do desperdício de sua vida, do seu destino, pois tem a intuição de que as vidas têm um curso, e não encontra o próprio caminho. Não sabe para que nasceu, nem espera nada para melhor.

Ethel já sabe brincar com as crianças, na praça, e, à tarde, vai ao grupo escolar, sobraçando uma cartilha; Nina já anda, brinca e ri, entregue às travessuras e à exuberância ruidosa nas primeiras descobertas, mas Lizza fica só, nas tardes quentes e vazias. Em toda a rua, do princípio ao fim, não há uma só menina a quem se tivesse ligado. O breve período escolar, durante uma curta permanência da mãe em casa, marcara-a com experiência dolorosa. Convencera-se de que as relações com meninas de sua idade não mais seriam possíveis. Sofrera durante as aulas, vendo-se demasiado crescida para estar entre crianças que apenas se iniciavam nas letras; nos recreios, a sensação de mal-estar aumentava ainda mais.

— Diga cadeado, diga. — As crianças cercavam-na e a apoquentavam, com maldade.

— Ca-de-a-do — repetia, pondo acento em cada sílaba, com medo de errar. A meninada ria, pulava em torno, uma puxando-lhe a saia, outra, o cabelo maltratado. Suportava, de dentes cerrados, contendo-se para não dar parte de fraca. Se chorasse, seria pior. Então as crianças cansavam-se desse brinquedo e abandonavam-na no meio do pátio, como uma coisa inútil. Lizza ficava sozinha, a um canto, esperando o recreio acabar. A alegria ruidosa das outras não a contagiava, mesmo quando se mostravam benévolas e condescendentes para com ela, a imigrante.

Pois nas tardes quietas, terminado o trabalho caseiro, habituou-se a ir à casa da tia. Habituou-se também a não contar com os primos. Precisava de alguém que, se não lhe falasse de igual para igual, ao menos a tomasse a sério. E, sentada timidamente na ponta da cadeira, em frente à cadeira de balanço da tia, ficava olhando o corpo maduro e crescido, o rosto largo, avolumado pelos anos, e esperava. Esperava, na sua fragilidade de galho tenro e receptivo, a experiência e a seiva que adviessem daquele tronco maciço e vivido.

A tia lhe oferecia chá e uns biscoitos contados nas pontas dos dedos; dizia que Eulália gastava muito sabão, Clarinha não queria estudar as lições, as galinhas estavam pondo muitos ovos, e às vezes convidava-a a que viesse vê-la vestir-se para ir, à noite, com o marido, ao teatro. Envergava, então, o clássico vestido preto bordado de miçangas, o chapéu, também preto, de aba larga, com muitas penas apontando para todos os lados.

Lizza ficava olhando, martirizando a ponta do vestido de chita, e esperando ainda.

Com o decorrer do tempo, começou a compreender que a tia mentia aos anos vividos. E ela a esperar daquele tronco carcomido... Então voltava para casa com passos vagarosos, os ombros caídos, os olhos fitos na sombra alongada à sua frente que ia projetando o sol agonizante da tarde.

16.

Os sons do piano, partindo da casa grande da esquina, matizavam a noite com canções em voga. O pai interrompia por instantes o seu vaivém, e escutava. Uma ternura branda espalhava-se-lhe sobre a fisionomia, apagando o cansaço. Seus traços, se bem que graves, tornavam-se suaves, o olhar adquiria novo brilho. Talvez já nem estivesse mais ouvindo a melodia vulgar e por vezes falhada, tão funda parecia ser sua abstração. Lizza sentia, então, que o pai não pairava mais na vida em que eles estavam encalhados. A música tinha o dom de arrebatá-lo de casa e do mundo em derredor.

— Se eu soubesse tocar — disse uma noite. — A música me ajudaria tanto, tanto. — Lizza recebeu a confidência entre grave e penalizada, e também com um resquício de timidez. Com as repetidas ausências da mãe, passara a partilhar dos problemas e cuidados do pai, mas não se acostumara ainda. E, como das outras vezes, limitou-se a ouvir e a sofrer com ele.

O pai continuou por instantes imerso em seus pensamentos; repentinamente disse:

— Mas eu posso mandar ensinar música a vocês. Sim — reforçou —, é claro que posso.

Mandaria ensinar música às meninas. Suas filhas deviam saber tocar piano, cursar colégios, aprender muito, aprender de tudo. Todos veriam que filhas ele tinha.

Três vezes por semana, depois do meio-dia, com o sol abrasando, Lizza atravessava as ruas do centro, dobrava a esquina do quartel, onde apressava o passo com medo dos soldados, e batia na porta de uma casinhola de paredes descascadas. A porta abria-se, a luz cortando a poeira espessa que circulava no interior e, quando menos esperava, surgia um vulto encurvado, encimado por rosto longo, de nariz adunco e um sorriso pueril, por baixo do buço.

Qualquer um poderia desarmá-la, pensava Lizza, *simplesmente rindo com ela e assim roubar-lhe o sabor do seu mistério bobo.*

Passavam para a sala penumbrosa e impregnada de mofo. Lizza sentava-se ao piano, com a professora ao lado, e, enquanto ia folheando o caderno, d. Generosa ia limpando uma unha suja na outra, ou mascando um olhinho de cravo, para mascarar o mau cheiro dos cacos de dentes.

Era professora a 10 mil-réis por mês, com direito a estudar no piano.

Lizza começava a tirar os sons a medo, excitada e feliz ante o instrumento mágico. Os exercícios elementares, à força de repetidos, iam, com o tempo, perdendo a monotonia para transformarem-se num tapete macio e corrente sobre o qual já podia começar a sonhar.

Agora, enquanto ouvia a música da casa grande da esquina Pinkhas já tinha a que se apegar.

— Como vais de estudos? Já sabes tocar alguma coisa? — E muitas vezes surpreendera-a a tamborilar na mesa, tendo o caderno de notas à sua frente.

Quando Marim voltou do hospital, após demorado e inoperante tratamento, Dora achou-se no dever de consertar as coisas. Tinha pena da irmã, levando vida tão difícil. E a culpa de quem era, senão dele, de Pinkhas? E começou a desenrolar um novelo de gosmentos fios de aranha, inoculando-lhe secreção venenosa de aranha. Em Marim começou a crescer o conflito, querendo conter-se e ao mesmo tempo acusar, reivindicar.

Um dia, a tal ponto a irmã a instigou, que, mal o marido entrou em casa, explodiu em recriminações e em pranto. Foi cruel, e injusta. Foi violenta. A princípio ele não compreendeu o que se passava. Ainda argumentou, tentou defender-se. Não aceitava aquilo. Todo o seu ser repudiava aquele acontecimento doloroso contra o qual não tinha forças para lutar. Então calou-se. E Marim viu que os olhos dele nublaram-se de lágrimas. Pinkhas chorava. E fora ela quem o fizera chorar. Ferira a quem mais queria na vida. Marim já tinha visto mais de um homem chorar, mas as lágrimas do marido eram diferentes, e lhe doíam tanto. Mas a tal ponto já havia avançado que não mais sabia como retroceder. E à força de querer escusar--se, emaranhava-se ainda mais em recriminações. Lizza assistia, a um canto, transida de medo, mordendo as mãos, entre soluços que em vão tentava sufocar, não sabendo de que lado tomar partido, mas sentindo uma compaixão tão grande pelo pai. Cada nova investida da mãe atingia-a até o âmago, como um açoite.

No dia seguinte, Pinkhas encaminhou-se para o escritório da fábrica com passos pausados e firmes. De mãos nos bolsos, ia olhando em derredor com olhos novos, como se apenas começasse a ver, ao mesmo tempo como se estivesse a despedir-se do lugar. O olhar e a fisionomia eram os de alguém que, por fim, quebra as cadeias.

Pela primeira vez reparou na claridade do dia, no céu puro, no perfume agreste do mato que margeava o caminho até a fábrica. Considerou, após, com admiração, a própria fábrica. Como progredira! O edifício estava acrescido de uma ala grande, muito maior que a primitiva, e a chaminé-mestra elevava-se acima do casario, podendo ser vista, a distância, do mar. No escritório, encontrou Henrique às voltas com os guarda-livros. Recebeu o cunhado friamente, sem interromper o que estava fazendo. Mas ele não se intimidou. Foi direto ao fim.

— Vim dizer-lhe que vou-me embora. Vou deixar isto aqui.

Então Henrique ergueu o olhar das faturas, encarou Pinkhas com espanto e incredulidade, e, vendo-o impassível, retrucou zombeteiramente:

— Ir embora? E para onde é que você tenciona ir? Não será melhor ficar aqui mesmo?

Pinkhas esperava que ele terminasse, e Henrique prosseguiu:

— Você não vê que não tem sorte, que nunca passará disto? Aqui, ao menos me tem a mim.

— Você decidiu que eu não tenho sorte — respondeu com determinação tranquila —, mas eu não.

Depois achou que mesmo isso não valera a pena ter dito.

Da rua poeirenta e inundada de sol chegou até ele a voz cantante e estirada de um carroceiro tangendo as mulas. Um pássaro partiu em voo com um gorjeio feliz. As palmeiras farfalharam docemente na paz luminosa da manhã.

Quatro meses após, chegou carta de Pinkhas, de Recife, acompanhada de um cheque para as passagens da família. E numa tarde com o sol descambando por trás da cidade, as mesmas canoas oscilantes que os trouxeram um dia à praia levaram Marim e as meninas de volta para um navio grande ancorado a distância. Depois a noite desceu, as ondas se encresparam, as máquinas começaram a resfolegar surdamente. Demorado e rouco apito acenou para a cidade, ao longe. Ali tinham ficado sepultados cinco anos de cativeiro, dores e desesperanças.

17.

Todas as tardes Marim vem sentar-se à varanda do velho sobrado da rua da Imperatriz, vestido de linho engomado, os cabelos negros e lisos penteados, os braços inúteis cruzados sobre o busto. Depois que toma tento do que vai lá embaixo, reparando numa ou noutra pessoa que passa, inclina a cabeça de lado, os olhos como contas azuis ligeiramente amortecidos, e fica olhando com ar distante, entristecido.

As privações dos tempos de *bejentzy*, a solidão e os tormentos nos hospitais de misericórdia ficaram para trás. E apesar de considerar boa a estabilidade e o rumo que a vida tinha tomado, não há alegria em seu coração.

Pinkhas é a luz de seus olhos; não raro, porém, ela o fita com expressão dolorosa que não consegue dissimular. Seria que... Não, ela não quer admitir, por mais que compreenda, vendo-o jovem ainda, e robusto, unido a uma mulher doente e fanada. As torturas da dúvida avolumam-se em seu espírito.

— Lizza! — chamou um dia em que a angústia era maior —, quero falar-lhe. — A voz era rouca, velada. Lágrimas desciam-lhe pelas faces. Lizza aproximou-se, inclinou-se sobre a mãe e enxugou-lhe o pranto.

— Que é?, mamãe, diga.

Marim entreabriu os lábios, olhou nos olhos da filha. Ainda era tão inocente, sua pobre filha.

— Não — respondeu —, você não pode compreender. Ainda não.

E sucediam-se os sóis e as luas. A vida, no lar, mutilada. Pinkhas procurando salvar dos destroços a vida em família, o espírito da tradição judaica. Aqui não havia sinagoga, nem homens versados nos textos da Lei Mosaica. Do *Shabat*, resguardava o mais que podia, para que a existência não resvalasse para o sensabor de semana entranhada em semana, todos os dias iguais. Porque, acima de tudo, ele amava a vida, amava-a apesar de tudo.

— Que mundo tão belo, o que teremos de deixar — comentava, às vezes. E mesmo em suas idas e vindas rotineiras, e não raro atribuladas, não deixava de extasiar-se com a beleza do mundo. Uma tarde luminosa era como se fosse uma dádiva especialmente concedida a ele. Adorava o clima do país, apreciava seus frutos estranhos e saborosos. Compreendia e amava a gente da terra.

De sobrado a sobrado, as relações com os vizinhos eram mais difíceis do que o seriam de porta a porta. Havia as relações com o dr. Oliveira e senhora, velho casal de família tradicional de Recife. Fizeram relações através das meninas, e visitavam-se de tempos em tempos. As preocupações do dr. Oliveira eram a arrecadação dos impostos, a repartição, o funcionalismo. O que estreitava os laços era o fato de d. Ritinha tocar piano, a própria tranquilidade da chácara em que moravam, no arredado Dois Irmãos, subúrbio tão sossegado que dava a impressão de dormir no regaço dos séculos, indiferente ao progresso. O calçamento não chegara até ali, mesmo o bonde passava sem aquele estardalhaço com que aumentava o barulho na cidade. Pinkhas refrigerava aí sua mente, e, querendo reatar o fio com o passado, buscava informações e pegadas do Brasil Colônia até os dias presentes.

À noite, após o jantar, tornavam a agrupar-se em torno da mesa: as meninas estudavam, Pinkhas lia. Marim ora lia também, ora dormitava. Com frequência Pinkhas chamava uma das filhas e pedia:

— Toque alguma coisa, toque "aquilo" — o que tanto podia designar uma valsa de Chopin, uma serenata de Albéniz ou uma paisagem de Debussy, e que elas identificavam segundo o número de recentes repetições. Tocavam, e o pai ficava sonhando. Por último, pedia a "Marcha fúnebre", de Chopin. Desta, guardara o nome. E, com um vinco entre as sobrancelhas, mesmo muito depois de extintos os sons, permanecia imerso em seus pensamentos.

Poucas eram as famílias que os visitavam, porque Marim era doente, e a casa, triste e pouco convidativa para estranhos. De longe em longe, levava a filha mais velha ao clube israelita. A mãe dizia que era preciso ir, que não se importassem com ela. Lizza ia. Mas era como sair de um barco e jogar-se ao mar. Sentia-se deslocada naquele meio onde não conhecia ninguém e era diferente de todos, parecia-lhe. O pai a recriminava, falava acerba e tristemente. "Aquilo era portar-se como selvagem. Quando chegaria a ser gente?" Ela ouvia e calava. Sofria mais pelo desgosto que dava ao pai do que, mesmo, pelo próprio desapontamento. Em casa, encontrava a mãe chorando — que eles deviam sair, sim, que não queria estorvar. Lizza roía-se de remorsos, prometendo a si mesma não mais sair, não mais deixar a mãe naquele estado.

Então os serões prolongavam-se quietos e vazios.

18.

As crianças dormem. Pinkhas passeia pela vasta sala de jantar, cantarolando uma velha canção russa, triste e cheia de sabedoria e infinita ternura: "[...] *yamstick, nhe goni lochadei...*" E Lizza imagina uma grande floresta, misteriosa e cerrada, uma *troika* a marginá-la vagarosamente e a desilusão humana a murmurar, em aviso: "[...] cocheiro, não apresse os cavalos..." Após, o pai senta-se à mesa, reabre o livro e continua a ler, ou fica simplesmente meditando.

Lizza ergue a vista do livro que, por sua vez, estivera a ler, olha a mãe sentada na *chaise-longue*, os braços cruzados, cochilando.

O silêncio é pesado. O calor sufoca. Levanta-se e vai até a varanda da frente. A rua deserta; a noite negra. Dois marinheiros assombram a quietude com o seu canto engrolado e triste. Uma mulher da rua Nova vem atravessando a ponte com passos arrastados.

Lizza volta à sala. Quer deitar-se, distender os membros, cessar para aquela noite. Mas só poderá fazê-lo depois que puser a mãe para dormir. Dirige-se a ela. A mãe suspira, entreabre os olhos, estremunhada.

— Mamãe, quer ir dormir? Já fiz a cama.

— Ainda não, espere mais um pouco. Sei que não vou dormir.

— Mas você estava dormindo, mãezinha.

— Deixe-me ficar aqui mais um pouco. Depois eu vou. A noite é muito longa.

Então Lizza torna a debruçar-se sobre o livro. O relógio velho e quase afônico pinga pausadamente as horas; sente as pálpebras descendo, o corpo lasso. Verga-se sobre a mesa, descansa a cabeça nos braços e o tempo começa a perpassar sobre ela.

— Lizzutschka, vem deitar-me.

Ouve a mãe chamá-la, mas de tão longe. Quer mover-se, levantar a cabeça, mas sua vontade está minada. É como num pesadelo em que se quer gritar e a voz não obedece. A mãe continua chamando.

— Sim, já vou... — responde, dormindo. E, estranho, apesar do sono invencível, já se ergueu, levantou a mãe da espreguiçadeira; já lhe trocou a roupa, deu-lhe o leite, cobriu-a, viu-a adormecer, e agora é ela quem já pode dormir sossegadamente. Ninguém mais precisará chamá-la.

— Lizzutschka, mãezinha, estou cansada de estar sentada. Ponha-me na cama.

Lizza abre os olhos. Nada está feito, ainda. Nada. Decididamente sonhou. Aí está todo o trabalho ainda por fazer. E bruscamente uma onda de revolta rebenta dentro dela, enrijecendo-lhe os músculos, endurecendo-lhe o coração. Então precipita-se sobre a *chaise-longue*, levanta a mãe com violência e a conduz para o quarto. Com movimentos bruscos, começa a despi-la. A mãe deixa-se levar, despir-se brutalmente. Não diz nada. Não emite uma queixa. Apenas cerra um pouco os olhos. E à proporção que Lizza vai despertando de todo, libertando-se do demônio da ira, ao contato do corpo morno e submisso da mãe, vai percebendo seu sofrimento mudo, sem recriminação. Remorso e piedade acordam nela por essa criatura sofredora e sem defesa. Vergonha e dor pelo tormento da carne de que ela é carne, da alma que se prolonga até sua alma. Vergonha ante o julgamento da mãe, ante a sua ternura sem repercussão. Como quisera poder lavar-se do pecado da ira, remir-se aos olhos maternos, remir-se aos olhos de Deus, e sobretudo isto: compensar, reparar, acarinhar. Mas, dir-se-ia possuída por uma força mais poderosa que o seu desejo de redenção. E depois que deita a mãe, retira-se do quarto sufocando o pranto, calcando o desespero, contrariando o impulso por pouco incontido de retroceder, de inclinar-se sobre a mãe, e beijá-la, afagá-la, aquinhoá-la com todo o bem ao seu alcance.

Agora o sono que tanto queria não vem. Bem que precisa dormir; logo mais terá de revezar-se com o pai na vigília, até madrugada alta, quando Ethel, por sua vez, tomará conta da doente. Mas em vão tenta fazê-lo. O desgosto a rói por dentro, como um animal voraz.

Debruça-se à janela. De onde está, vê as águas escuras do Capibaribe, à luz mortiça que se escoa da cadeia pública. Águas em trevas, que põem arrepios na alma, como as sombras dos delinquentes por trás das grades da prisão. E, repentinamente, tem a sensação vertiginosa de haver transposto o umbral da vida cotidiana contra a qual tanto se rebela, essa vida feita de sujeições, sacrifícios e lágrimas. Só aos poucos o tumulto interior vai cedendo. O silêncio do rio já é mais audível. O sereno vai caindo. Gradativamente começa a sentir estranha sensação de leveza, como se estivesse flutuando, como se ela própria se estivesse transubstanciando em matéria fluida.

É muito tarde. Já fizera, sem haver percebido, a vigília do pai. Então vai, pé ante pé, até o leito de Ethel. Chama-a. Em seguida alcança a própria cama, descalça as sandálias e, mesmo vestida como está, distende os músculos doloridos e imerge no sono.

O dia ia alto quando acordou. Tinha a cabeça pesada, no corpo o cansaço que de há muito, desde que a moléstia da mãe se agravara e as noites de vigília se sucediam, não a abandonava mais. Era como ter nas veias um líquido grosso e corrosivo. Mesmo assim se levantou.

A mesa estava sendo posta; ao lado de sua xícara para o café, a criada punha os pratos para o almoço do meio-dia. Sua primeira impressão foi da casa quieta. Nina ainda não voltara da escola e Ethel, já de uniforme de colegial, punha vaidosamente os últimos retoques na franja molhada na testa.

Gradativamente, no entanto, na meia escuridão devido às janelas fechadas, começou a enxergar a desordem da casa, ainda por arrumar. Depois se foi apercebendo dos ruídos que, de contínuos, monótonos, pareciam vir e sumir alternadamente. Eram as máquinas da carpintaria, no andar térreo, triturando madeira, por entre guinchos finos de metal. E viu a mãe sentada na sua cadeira de inválida, chamando por alguém, há quanto tempo? Seu implorar afônico não chegava a ser ouvido; tinha a face congestionada, as mãos trêmulas.

Lizza aproximou-se, chegou seu rosto ao dela para captar-lhe as palavras ao menos pelo movimento dos lábios. Era um nadinha, só virar a página do livro que tinha no regaço, mas tanto chamara inutilmente que os nervos se lhe agitaram. A voz aclarou-se repentinamente, e todo o seu desespero calcado irrompeu.

— Lizzutschka, vire a página, cruze-me os braços. Ajeite a almofada. Lizza, minha filha, não quero mais viver, não posso mais.

E agora é também Lizza quem chora, e Ethel que, de pronto, se transformara de uma alegre meninazinha numa criança sofredora. E não há rogos, nem lágrimas, que façam a mãe serenar. Enquanto se consome nesse tormento, Lizza olha o relógio.

— Mamãe, assim você piora, tenha pena de você e de nós. Não chore mais. Preciso ir para a escola. Vamos, vamos para a mesa.

— Não, não vá hoje, só hoje...

— Mas, mamãe, ontem você também não queria que eu fosse, e você viu, não aconteceu nada. Vou fazer tudo para você não precisar de nada até que eu volte. Depois ficarei com você o tempo todo, sem sair de perto. Então, mamãe, vamos.

19.

É meio-dia e um quarto. Como sempre, Lizza é a última a entrar na classe. Tem os olhos vermelhos e inchados de chorar, os nervos triturados, os músculos enrijecidos.

As companheiras olham-na de soslaio, algumas, com simpatia, o que lhe incute sentimento de autopiedade; a maior parte, com estudada indiferença. Ao alcançar sua carteira, senta-se, sob o olhar interrogativo do professor. Senta-se pesadamente, como se fora um toro de madeira. Depois uma lassidão imensa começa a invadi-la, ramificando-se paulatinamente até a extremidade dos membros.

— Número 38! — chama o professor. — É a sua vez de ir ao quadro-negro.

Levanta-se. Tem a cabeça à roda, e um vazio dolorido no estômago. Mas logo abstrai o mundo em derredor. Agora só existem o professor, que argui, e ela, que responde. O giz risca o quadro, em surdina, correndo em caracteres ligeiros e fortes, sem vacilações. Em seguida retorna, apaziguada, ao seu lugar, sentindo-se compensada pela ausência em casa. Está segura de si, e mais que isto — percebe que, afinal, encontrou um ponto de apoio para a vaguidão de sua vida sem rumo. Mas logo retrocede em suas considerações, ante o tacanho pretexto que escolheu, pois, no íntimo, sabe que naquele cantochão didático e rotineiro, nas regrinhas aprendidas de cor, assimilando qualquer coisa aqui, ali, coisa alguma, qual galinha ciscando no terreiro, não encontrará, jamais, aquela razão que busca, o conhecimento maior que deve existir.

Entretanto, aguardava ansiosa o término do curso e a sua graduação, porque, quando isso ocorresse, seria sua ponte para fazer-se à travessia. Esperava pelo dia em que tivesse crianças sob os seus cuidados, e às quais pudesse poupar a incompreensão e os tormentos daquela menina arredia e sofredora que fora, sem o lenitivo dos livros, sem o refúgio deslumbrante e mágico dos livros. Era como se ela própria estivesse para abrir as asas em largo voo.

*

O término do curso, porém, trouxe uma pausa de charco parado. Novamente viu-se segregada em casa, às voltas com os afazeres e preocupações domésticos, enquanto ia enganando a ansiedade.

Mas, na medida em que ia lendo, foi apreendendo uma outra corrente da vida, uma realidade inteiramente nova. E, dos conflitos e amarguras próprios, foi transpondo as fronteiras de conflitos mais amplos e mais fundos. Começou a pulsar ao ritmo de anseios maiores, tantos e tão grandes que formavam um arfar penoso e continuado, como o seria o do oceano, e esse oceano era a humanidade.

E se, por um lado, perguntava-se por que caminho haveria de alcançar a realização de seu ser, por outro, deixava-se levar pelos embates desse mar em tormenta. Mas ainda tateava, indecisa, cônscia da limitação de suas possibilidades, ante a amplitude da angústia universal.

20.

1929. A ameaça que pairava no ar desencadeou-se sobre os judeus na Palestina, com o "incidente" ocorrido quando de uma parada de jovens escoteiros junto ao Muro das Lamentações. E o "incidente" era tanto mais grave quanto coincidira com a anistia concedida pelo Alto Comissário da Judeia ao *mufti* de Jerusalém, sentenciado a trabalhos forçados por incitamento à revolta. E subitamente irromperam em toda a Terra Santa os "levantes espontâneos" dos árabes, tomados de violenta cólera contra os judeus.

Na imprensa britânica começaram a aparecer artigos em que se discutia com muita seriedade o problema do nacionalismo muçulmano no Oriente Médio.

As responsabilidades decorrentes da Declaração Balfour, como o ulterior mandato conferido pela Liga das Nações à Inglaterra para incrementar e efetivar o estabelecimento de um lar nacional judaico na Palestina, com a concordância do próprio rei Faisal do Iraque, principal representante do mundo árabe nesse conclave internacional — tudo foi relegado para um segundo plano, diante do acontecido junto ao Muro das Lamentações, e da magnitude dos sentimentos melindrados do *mufti*.

O Congresso Sionista Mundial, em Zurique, quando se anunciou a adesão de judeus não sionistas à reconstrução da Palestina, agravou a suscetibilidade patriótica do *mufti*. Seu fervor religioso via no crescimento da população judaica uma ameaça à sagrada mesquita de Jerusalém que, dizia, os judeus pretendiam derrubar para erguer em seu lugar o santuário hebraico.

Por outro lado, o labor iniciado pelos judeus na Palestina atraía crescente número de árabes, que atravessavam as zonas limítrofes em busca do proveito do trabalho e da civilização. E o *mufti* encontrou mais um argumento contra os judeus: os judeus estavam escravizando os pobres árabes...

Assim as sombras do terror e da desolação foram-se estendendo sobre a Terra Santa, de ponta a ponta, sobre Jerusalém, já florescente e próspera, sobre as douradas planícies de Sharon, e o fertilizado vale do Emek e o porto de Haifa, que se projetava como luminoso farol no Mediterrâneo oriental.

Entrementes, a polícia inglesa passou-se calmamente para o Egito, onde acontecimento algum requeria sua participação, enquanto o solo da Terra Santa era encharcado de sangue judaico.

As sombras precipitavam-se rapidamente, naquela tarde chuvosa.

Pinkhas entrou em casa regelado, sapatos molhados, guarda-chuva escorrendo. Tinha as mãos trêmulas e o pavor estampado no olhar.

— Há luta na Palestina — foi dizendo com dificuldade, como se as palavras lhe estivessem sendo extraídas à força. — Vai começar tudo de novo. Vejam, os mesmos métodos, os mesmos massacres. — Abria o jornal na mesa e ia apontando para as manchetes.

Marim fitou o marido entre perplexa e apreensiva. Lizza escutou, calada, pés fincados pesadamente no chão, pensamento projetado para o cenário dos distúrbios relatados pelo pai.

E as notícias da luta sucediam-se a cada dia, abundantes e tumultuadas, a agitação do pai aumentando. Deu de comprar todos os jornais e os lia; ora comentava com a mulher e a filha, ora mergulhava em sombrio mutismo.

— Que fizeram da sagrada promessa de apoiar a fundação do lar judaico na Terra Santa? Em que resultou o sacrifício de nossos filhos, que alicerçaram essa promessa sobre a imolação de suas vidas, de seu sangue, de sua carne? Que fizeram de seus sonhos e esperanças? — perguntava.

E argumentava pateticamente:

— É a fina flor da nossa inteligência que sucumbe. Você pensa — dizia para a filha — que foi qualquer um que se aventurou por aquele deserto pedregoso e árido? Foram moças e rapazes saídos das universidades, professores, médicos, engenheiros, artistas do mundo inteiro. Esta é a página mais significativa de nossa história. E que fazem com esses moços? Trucidam-nos.

Parou no meio da sala, de mãos estendidas, como à espera de uma resposta. Lizza aventurou, tímida, para animar o pai:

— Mas eles estão oferecendo resistência, estão lutando.

— Eles resistem, sim. Para alguma coisa os *halutzim* saíram dos guetos disseminados pela Europa, e para algum fim estão fertilizando o solo estéril com o seu suor e o seu sangue, drenando os pântanos e sucumbindo às febres. Mas eles lutam com pás e machados contra hordas armadas, ferozes e enlouquecidas. Antes dos distúrbios, a polícia inglesa tivera o cuidado de fazer uma incursão pelas colônias, requisitando todas as armas em poder dos judeus, armas que eles nunca haviam utilizado. Guardavam-nas nas arcas e nos celeiros, só para os outros saberem que teriam com que defender-se. E agora, se lhas tomam à luz do dia, não é isto um convite aos árabes para o assalto e o morticínio? Que se poderia esperar senão o que aconteceu em Hebrón, em Lifta e, recentemente, em Safed?

Atenuava-lhe um pouco o sofrimento a atividade que começou a desenvolver entre a comunidade dispersa, e pouco numerosa, nos trabalhos pelo Fundo de Reconstrução Nacional. Mas os combates se estavam tornando por demais demorados para a sua capacidade de suportar.

Da Rússia recebia cartas dispensando o auxílio que lhes vinha prestando. Os de sua geração não se haviam adaptado, mas os filhos de seus irmãos tinham ingressado nas fábricas e oficinas, atraídos pelo fascínio da máquina e, bem ou mal, iam vivendo.

*

Um dia Pinkhas chegou em casa preocupado com as notícias dos acontecimentos de Munique. Não simpatizava com as arengas do cabo austríaco nas cervejarias e praças públicas, e um pressentimento sombrio começou a corroê-lo, como o azinhavre.

— Isto ainda acaba mal — comentava. — E o que vem acontecendo na Polônia também é mau, muito mau.

Poucos dias depois, viu confirmado o seu vaticínio. Estudantes judeus eram linchados nos bancos universitários na Polônia, com o consentimento mudo de seus governantes.

Com o correr do tempo, a revolta de Pinkhas havia resvalado para uma tristeza profunda. Percebia que começava a travar intensa luta consigo mesmo. Via o mundo conturbado, e procurava compreender, explicar. Aceitar simplesmente, não podia. Cada dia trazia mais livros, jornais e revistas, lia e meditava. Sua fé nos homens começava a vacilar — percebia —, e isto o deixava em falta consigo mesmo. Sempre se prosternara diante dos grandes espíritos. Tinha-lhes respeito quase religioso. A vida era digna e nobre porque havia grandes homens que a dignificavam e enobreciam. Agora sentia-se perdido para a sua fé, para a sua esperança.

— Onde estão os homens de pensamento, as grandes inteligências, que não veem o prenúncio da tempestade? Onde, sobretudo, os justos, os *tzadikim* de que nos falam as sagradas escrituras, os seres que são não apenas os pilares do Universo, mas também seus verdadeiros governantes. Onde estão que não elevam suas vozes acima das vozes da tirania e da injustiça? — indagava. Uma derrota sem nome espraiava-se sobre ele, como lava incandescente e mortífera.

Com o velho Josef comentava as ocorrências em relação à Palestina em tom entre irônico e maldoso, como a pedir-lhe contas diretamente, num extravasamento de tudo quanto calava em seus prolongados solilóquios.

— Então, senhor Josef, que me dizeis agora? Judeus e árabes vivem bem, heim? Está tudo calmo e belo. Judeus e árabes prosperam em harmonia. Que me dizeis agora?

O velho Josef chegava sempre com a mesma calma lenta e imperturbável. Dava boa-noite. Não esperava que lhe respondessem, nem parecia ouvir quando o faziam. E antes mesmo que o convidassem a sentar-se, já ele se havia acomodado no seu canto predileto — perto da janela de onde se avistava o rio. Respirava fundo, enrolava tranquilamente um cigarro, acendia-o, e só então tomava conhecimento do que lhe ia em derredor. Perguntava pela saúde de Marim, brincava com as meninas; por último, dirigia a palavra a Pinkhas. Falava pausadamente, e tinha sempre o que contar. Saíra da Rússia ainda antes da guerra, para "fazer América", como se dizia, e mandar buscar a mulher. Mas o destino tinha também os seus desígnios. E negócios de tecidos, fábrica de botões, venda de doces e sorvetes, tudo se derretia, evaporava-se nas suas mãos, e, como se não bastassem os prejuízos próprios, de cada vez em que ia à ruína, arrastava outros consigo. Sorte tão adversa fazia-o perambular através de cidades e países continuamente. Dos Estados Unidos veio ele para o Brasil, do Brasil à Argentina, dali seguiu para a Palestina, e novamente veio para o Brasil. Cada vez mais pobre em fortuna, porém mais rico em experiência.

A mulher havia muito deixara de escrever-lhe. Talvez **ele** tivesse esquecido de mandar-lhe todos os seus endereços. A verdade, porém, era que possuía o dom de aceitar **as** coisas como eram, jamais deixando transparecer se lhe agradavam ou não. E quando de todo não iam bem, quando os credores o perseguiam, ou o dinheiro, no bolso, não dava para o almoço, abria um livro de orações e se punha a ler. Ler era realmente o que fazia. A sós com Deus, inquiria, confabulava, seriamente, honestamente. E ora o fazia na tentativa de captar um sentido novo nos textos sagrados, ora lia apenas para refrigerar a alma, como alguém que se senta à sombra de uma árvore.

Antes dos acontecimentos sangrentos na Palestina, comprazia-se em relatar as maravilhas de *Eretz* Israel. Amava-a, como a uma filha dileta.

— Que sabeis vós da Palestina! É bem a terra que mana leite e mel. — Assim falando, seu rosto crestado abria-se em ternura, e o espírito começava a adejar como num sonho luminoso. — É uma luta ingente, a que eles travam contra o solo há milênios relegado ao abandono. Pedras, aridez e pântanos repletos de focos de mosquitos, foi o que os nossos rapazes saíram a reconquistar na antiga Terra da Promissão. Mourejam ali de sol a sol. Porém o que mais comove é ver esses mesmos rapazes e moças que durante o dia manejaram a pá e o arado transformarem-se, à noite, em artistas e filósofos. As salas de conferências e de concertos ficam repletas de atentos ouvintes, e mesmo nas colônias mais afastadas, reúnem-se os *halutzim* em torno de uma fogueira e, com a seriedade e a competência de mestres, discutem política, teologia e arte.

— *Herr* Josef — interpelava Pinkhas —, e os árabes, que dizem eles?

— Sois criança, permiti-me, apesar de vossa idade. Que têm eles a perder? Acaso devemos-lhes alguma coisa? E, contrariamente, não saem eles ganhando conosco? Das terras outrora pertencentes ao Império Otomano, e de que se apossaram apenas há umas poucas décadas, os árabes mais abastados vendem lotes por um bom preço e as estradas e canais, estações hidrelétricas e usinas que os judeus constroem servem-lhes também a eles. Os *fellahas*?, destes nem se fala. Antes definhavam na pobreza; hoje trabalham por bom salário. Escolas e hospitais são-lhes igualmente franqueados. Pinkhas, os judeus estão fertilizando as próprias pedras. Montes e vales cobrem-se de vegetação luxuriante. Há movimento nos portos, vida e brilho nas cidades. Mas é sobretudo nos *kibutzim* que se revela o espírito judaico. Um *kibutz* é como uma colmeia. A gente se aproxima com respeito e religiosidade. E o elemento homem ali vive uma realidade única, com senso de responsabilidade definido e um novo sentimento de dignidade. Lá não precisa o judeu, como o da Diáspora, bipartir-se entre a moral e as convicções próprias e a conduta que lhe impõem as conveniências dos não judeus. Pinkhas, o espírito empreendedor que faltava aos árabes, trouxeram-no os nossos *halutzim*. Aqueles só têm a lucrar, e os nossos não desejam senão uma cooperação sadia e a paz. E notai que o próprio operário árabe já principia a adquirir um certo senso de classe. Talvez isso ainda venha a concorrer para estragar as coisas — aduziu reticente. — Não em relação aos judeus, é claro, mas no que respeita aos dirigentes árabes. He, he — suspirava, enrolando outro cigarro —, ainda temos muito que ver.

Agora, ante as investidas de Pinkhas, encolerizava-se.

— Eu continuo a dizer que se dão bem, árabes e judeus, e vós o sabeis tão bem quanto eu. Outros matam pelas suas mãos. Neste momento urge que os judeus se defendam dos que empunham as armas. Talvez num futuro próximo possam defrontar-se com os que se escondem por trás deles. No Oriente Médio há muitos, muitos encantos a que a avidez dos velhos lobos não resiste, e, ficando bem na encruzilhada entre o Ocidente e o Oriente, a Palestina constitui excelente instrumento nas mãos das potências que precisam manejar os árabes.

Pinkhas escutava, acabrunhado.

— Mais uma colônia assaltada — dizia, como quem deixa tombar uma pedra no poço. — Ontem assaltaram um hospital e uma sinagoga, e queimaram uma plantação inteira. Não haverá, mesmo, ninguém que possa conter esses bandos de nômades amotinados? Que faz a polícia inglesa, que chega sempre atrasada? Não é isto um escárnio? E se a Inglaterra realmente tem tanto escrúpulo em quebrar o que chama a sua "linha de neutralidade", por que, então, não se desobriga do mandato?

— ... por que não se desobriga do mandato! Como se fosse por amor aos judeus que ela estivesse tutelando a Terra Santa... Pinkhas — dizia, cravando nele demorada e tragicamente os olhos em que se lia a agonia milenar do povo de Israel —, Pinkhas, não é senão o vosso coração ferido que vos faz falar assim. Sois um homem culto, que lê e compreende. Só a pureza de vossos sentimentos e a vossa grande mágoa vos fazem falar assim. Não vedes que esses conflitos são necessários? Que com eles se pretende demonstrar a inexequibilidade do ideal judaico de um lar nacional? Ostensivamente, não se pode quebrar o compromisso assumido perante o mundo, então... Entretanto, eu vos digo: se, apesar de tudo, pudesse haver um consolo, seria o de que já não nos exterminam como aos ratos, a exemplo do que nos fizeram nos *pogroms* na Europa. Já não nos lançam à fogueira impunemente; não mais nos caçam nas cidades e nos campos, como a bichos indefesos. Não. Aqui nós lutamos, e sabemos fazê-lo com brio. E morrer e matar dói menos que tão somente morrer.

A Pinkhas, toda violência lhe era odiosa. Sustinha-o a ideia de que, a cada ataque, sucedia-se o reerguimento das colônias. O espírito dos pioneiros não esmorecia. Queima de florestas, ataques aos hospitais e às escolas, o desmantelamento de fábricas e usinas, nada os detinha. Enquanto uns pensavam as feridas, outros reparavam as barracas, e continuavam a plantar, se era época de plantio, e a colher, se os frutos estavam sazonados.

Lizza servia o chá e escutava, arrastada na tumultuosa corrente dos acontecimentos, para cuja compreensão ainda não estava suficientemente amadurecida. No país, as ocorrências de outubro evidenciavam que também aqui havia por que lutar, e se perturbava.

Dos problemas da Palestina, começou a avizinhar-se através dos jornais e das revistas ilustradas que estampavam as fotografias dos *halutzim* — jovens bronzeados, de calças curtas, camisas abertas no peito, de pás e enxadas nas mãos, fisionomias sorridentes, enlaçados por um sentimento confiante e uno. E, em contraposição, em sua lembrança começou a desdobrar-se uma ponta do véu do passado, descobrindo recantos escondidos de caladas angústias e incompreensões.

Tornou à primeira fonte de sua amargura, à primeira advertência de que o judeu é um ser à parte, alguém que tem por que pugnar e sofrer. Sofrer sempre, mesmo em seu louvor a Deus. Na igreja, aonde Eudóxia a levara uma tarde, o ambiente era festivo; os *ícones* em altares ricamente ornamentados, órgão, incenso, os camponeses trajando vestes bizarras e multicoloridas. Na sinagoga, nem sinos, nem imagens. Nenhum ornamento, alegria alguma. Homens e mulheres trajando vestes escuras, sentados sobre bancos duros e longos, homens e mulheres em seções separadas. No alto do púlpito, somente a Torá e a Menorá. O ofício, severo. Os homens, orando em contrição; as mulheres, elevando as vozes, misturando às orações o seu pranto. Vertiam lágrimas, como se chorassem todos os males e implorassem a redenção para todos os homens.

Na escola, que frequentara por curto período, a diferença continuava. Todas as manhãs, antes das aulas, tinha lugar a cerimônia na sala de música. Vinha o *Pop* em vestes sacerdotais, a longa barba branca a iluminar-lhe o semblante, de crucifixo na mão. As crianças e adolescentes, de tranças louras ou trigueiras, de faces coradas, perfilavam-se serenamente e entoavam melodiosos cantos sacros, ao som do grande piano de cauda.

Juntamente com outras companheiras de exclusão, ela ficava timidamente de lado, muito quieta, e muito triste.

Ela era diferente. Não compreendia, ainda, se isso era bom ou mau, de vez que não se sentia lisonjeada, nem culpada. Percebia apenas que não pertencia àquele meio.

Oh, como os odiou mais tarde. Sentia-lhes a hostilidade, ainda quando aparentemente indiferentes. No íntimo, sabia que os amava. Amava-os, apesar do ódio que eles próprios lhe insuflavam. Chegara, por vezes, a amá-los até mais que aos judeus, pois com eles tudo era tão mais simples. Era só amá-los, nada mais. A estes, primeiro era preciso compreender. Sofrer com eles, para só então chegar a eles.

21.

— Uma moça não deve permanecer solteira por longo tempo. Deve casar, constituir família. Assim manda a tradição. — E Pinkhas desejava-o ardentemente, uma vez que Deus não lhe havia dado um filho varão que continuasse o seu nome nas gerações seguintes, e, após sua morte, e a da esposa, dissesse o *Kadisch*.

*

Lizza contemplava a fotografia, atônita, o coração batendo descompassado.

— Este é teu primo Benny, filho de meu irmão. Não sei se te lembras dele, creio que não. Quando ele esteve em nossa casa, ainda eram ambos muito pequenos. Agora é um homem educado segundo os preceitos judaicos.

No dia em que, diante do espelho, ajustara ao corpo o primeiro vestido de menina-moça, quando sorriu de coqueteria ao seu talhe esguio, de curvas nascentes, nesse dia ela amou pela primeira vez. O amor e o casamento existiam, sim, todos os dias tinha conhecimento disso, mas eram fatos estranhos ao amor tal como o havia concebido.

— É um dos nossos filhos — prosseguiu o pai —, não como os muitos que andam por aí e que não sabem uma palavra da Torá. Vou mandar buscá-lo.

Lizza continuava a fitar o retrato; olhava como por entre uma névoa, os olhos rasos de água, e custava a entender. No entanto, o pai continuava falando, persuadindo.

— E se eu não gostar dele? Pois nem sequer o conheço, como mandar buscá-lo de tão longe? Que se fará depois? Que se fará se eu realmente não quiser casar com ele? De mais a mais, não quero mesmo, nem quero me casar.

À proporção que falava, mais e mais fortalecia-se sua convicção de que seria incapaz de enfrentar aquela situação.

Pinkhas ouviu a filha com tristeza e compreendeu muito do que ela não lhe pudera dizer. Entretanto, ainda ponderou: os pais são mais experientes que os filhos, e só querem o seu bem. Assim tem sido em todos os tempos.

Que os pais sempre quiseram a felicidade dos filhos, Pinkhas sabia-o. Mas, sobre se o caminho seria sempre o mesmo, a este propósito tinha agora suas dúvidas. Sua honradez advertia-o, e o respeito à liberdade individual detinha-o, hesitante. Os tempos que corriam eram bem outros, tinha de convir, e ele próprio devia evoluir, se não queria ficar para trás. Os preceitos eram estes, sim, mas havia que contemporizar, discernir, conceder.

Retirando-se para o seu quarto, Lizza sentou-se na beira da cama, as costas vergadas, as mãos abandonadas no regaço. Por longo tempo assim permaneceu, os pensamentos em tumulto.

— Que quer você vir a ser? — perguntara-lhe o pai. — Para que reserva sua vida? — E ela não soubera responder. Não ousara. Agora sentia o terreno fugir-lhe de sob os pés, como se estivesse brincando com fantasmas, meros fantasmas, seus sonhos loucos.

A morte de Marim impôs um hiato no curso de todas as coisas.

No lapso de algumas horas, Lizza avançou por sobre si mesma, vivendo a vida e a morte. Já não era mais aquele galho tenro e cego, mas um tronco pesado de dor e conhecimento.

Por toda uma longa noite, eles velaram à cabeceira de Marim, ouvindo-lhe o arfar penoso e tentando captar o sentido de palavras débeis como um sopro. Depois chegaram aos ouvidos de Pinkhas e de Lizza os sons da oração fúnebre, proferida entre o pranto de amigos que acorreram. Lizza começou a sentir o coração doendo muito, uma dor como a dilacerá-la até o âmago.

Quando tornou a ver a mãe, já estava colocada no féretro, envolta em *takhrikhim*. Sua primeira reação foi um grito tão agudo como se com ele quisesse fender o céu. Mas o céu permaneceu azul e distante; o sol, brilhando amarelo, o burburinho persistindo, em derredor. Em seguida, caiu num mutismo empedernido, não vendo mais nada nem ninguém. De longe em longe, acordava nela vaga lembrança de algo terrível e irremediável, à vista do semblante decomposto do pai, ao escutar os seus lamentos.

— Por que ela nos abandonou? Que será de nós agora? Lizza, Marim morreu. Que vamos fazer sem ela, que será de nós?

Depois vieram homens que fecharam o caixão, carregando-o para fora, enquanto alguém se aproximava de Pinkhas e lhe dava um corte na lapela, na prática da *Keriá*, e abria um talho no decote do vestido de Lizza.

Somente durante a *Schivá* Lizza começou gradativamente a sair da bruma do pensamento dilacerado, a compreender e a aquilatar quanto se passara. E, à medida que avançava, mais se avizinhava do caos.

— Quando eu morrer, não chore — ainda ouvia a mãe dizer. — Será um alívio tão grande para mim.

Entretanto, não podia pensar na mãe sem que as lágrimas corressem abundantes e ardentes. Não podia aceitar a idcia da morte. Sofria pela mãe morta, e sofria pelo pai, e as irmãs órfãs. Todos tinham ficado órfãos. E quando pensou em si mesma, sentiu mais que a orfandade. Estava simplesmente sem rumo. Para tudo mais que não fosse a assistência que prestara à mãe doente, estava mutilada na vida corrente de interesses e liames.

Por outro lado, um pensamento novo lhe acenava. Era chegado o momento de ser livre, de empreender a grande experiência interior, entrar na posse de si mesma. Mas, no momento, não compreendia a voz desse apelo. Parecia-lhe destituído de sentido.

— Não agora — dizia consigo —, não ainda.

Quando as irmãs voltaram da casa de amigos que os haviam acolhido no dia da morte de Marim e durante a *Schivá*, Lizza recebeu-as à porta, de rosto pálido, o vestido preto a cobrir-lhe o corpo magro. Abraçaram-se chorando, depois sentaram-se com gravidade e medo nas poltronas da sala de visitas banhada por um sol frio e desmaiado, e falaram na morta.

Falavam timidamente, temendo turbar o silêncio e a ausência da mãe morta, receando que seu pranto e suas palavras atingissem o ermo e a dor da mãe morta. Sentiam por ela uma piedade tão grande. Sentiam a própria injustiça da morte.

— Como pudera acontecer isso? E por que acontecera a ela, que já sofria tanto? — era o que perguntavam, na sua ingenuidade, feridas pelo brutal evento.

Vestidos de luto, visitas, e os afazeres domésticos foram, aos poucos, imprimindo uma certa rotina amortecedora nos hábitos e nas impressões de Lizza e das irmãs.

O pai, quando chegava em casa, punha-se a caminhar pelo comprido corredor. Não falava em Marim. Todos, aliás, evitavam referir-se a ela; por uma combinação tácita, contornavam o assunto, omitindo o seu nome, porque ela estava presente em todos os pensamentos e ações.

Tiveram que mudar de casa. De cada vez que passavam pelo quarto que fora o dela, parecia-lhes que Marim chamava. Ouviam-lhe o pranto, continuavam a presenciar o seu sofrimento.

22.

Levi era filho de pais piedosos, velha estirpe de *hassidim*, e ele próprio antigo estudante de *Yeshivá*.

E desta vez Lizza não opôs resistência.

Que estava sem rumo, vazia, e que o aceitava tão somente para acabar de vez com aquele tormento, isso não dissera ao pai, nem a ninguém. Aceitara-o simplesmente, sem haver medido as consequências, nem o sacrifício de sua vida e o da vida que arrastava consigo, como na queda de um despenhadeiro. Mas o antagonismo e a sensação de angústia do primeiro encontro não desapareciam com as subsequentes visitas do noivo.

A miopia de Levi, seu dorso ligeiramente encurvado nas longas vigílias sobre o Talmud, seu jeito canhestro e humilde, longe de aproximarem-no dela, incutiam-lhe insuportável sentimento de fuga e remorso. Sentia que o estava traindo, porque compreendia que algo de estranho e inteiramente novo se estava processando em seu íntimo. Sem que pudesse traduzi-lo em palavras, percebia que uma força nova minava-lhe a vontade de submissão, arrebatando-a para outros planos da vida.

Era assim que muitas vezes, enquanto todos dormiam, soerguia-se na cama, e ficava a auscultar-se, aterrorizada consigo mesma. A imaginação se abrasava, impelindo-a para longe da vida que teimava em querer aniquilá-la. Pela manhã, sentia o corpo moído, os nervos formigando à flor da pele, tentando inutilmente amainar a violência do coração.

A cada dia que se aproximava do enlace, mais compreendia a impossibilidade de levá-lo a termo.

Numa manhã chuvosa, levantou-se com o coração mais pesado e triste. Vestiu-se e, sem dizer nada em casa, saiu para o campo santo. Quando chegou ao cemitério, ainda chovia, o céu de chumbo como que ameaçando desabar sobre ela. O caminho, até o campo, barrento e escorregadio; os mocambos miseráveis mergulhados nos pântanos lamacentos; as mulheres e crianças esquálidas e desgrenhadas que assomavam às portas e janelas quebradas e afundadas para dentro daquela escuridão de tocas de animais — tudo lhe infundia o sentimento de desolação e ruína. Transpôs o portão enferrujado que abriu com um rangido longo, e passeou entre as campas, até alcançar o túmulo da mãe. Ali deteve-se, por muito tempo, contemplando o bloco de mármore, em completa estagnação de pensamentos e emoções. A morte estava assinalada por aquele bloco de pedra, mas a pedra não lhe dizia coisa alguma. Naquele túmulo, e em todos os outros, havia ausência e silêncio — silêncio na Terra e no céu. Uma campa quebrada, mais adiante, feriu sua sensibilidade. Alguma coisa agitou-se dentro dela, e Lizza investiu contra si mesma, e contra o embrutecimento que a havia tomado.

— Por baixo desta terra está sepultado o corpo de minha mãe... seus olhos, sua voz, sua ternura, e isto não me diz nada? Nada?

A esse chamamento, começou a ceder, aos poucos; lágrimas lhe assomaram aos olhos. Mas a certeza que viera buscar ali não a encontrava. Não, o túmulo de sua mãe não lhe dizia coisa alguma, a não ser que a vida era efêmera, e a morte, o esquecimento final.

— Tudo um sonho apenas, mas um sonho mau, perturbador. Então, a vida é só isto? — prosseguiu. — E para chegar-se a isto, tantas mutilações, tantos anseios frustrados, tanta mentira. — As lágrimas corriam-lhe agora abundantes, que eram lágrimas de revolta. O céu cinzento desceu mais ainda; a chuva caía copiosa. Agora verdadeiramente sentia o ermo do túmulo, e a desolação da mãe morta jazendo sob a terra encharcada e negra. O frio começou a apoderar-se dela, subindo-lhe pelos pés e tomando-lhe a garganta. Então retirou-se. Voltou sobre os seus passos, já vendo com outros olhos os mocambos afundados nos charcos, as mulheres desgrenhadas espiando para fora de suas tocas, o céu sujo, a terra molhada e triste.

Entrou em casa regelada, sentindo os membros crescidos e lassos, mas uma grande calma dentro de si. Tinha tomado a resolução. Dentro de casa, encontrou tudo quieto; as irmãs tinham ido à escola, o pai no trabalho. Na cozinha, a empregada entregue às lides domésticas. E o tinir de louça e talheres vinha trazer um tom de amenidade doce e familiar. Abrigou-se nela. Foi ao seu quarto, descalçou os sapatos e estendeu-se no leito. Gradativamente, no silêncio e na penumbra do aposento, foi caindo em adormecimento a arrastar-lhe corpo e mente para um esquecimento profundo e reparador.

*

A voz do pai era tranquila, pausada. Pediu que a filha repetisse o que havia dito. E quando ela o fez, ainda meditou durante algum tempo. Depois tentou demovê-la de seu propósito. Falou sobre a missão da mulher, e do seu dever no matrimônio. Sentia que a filha tinha razões suas e que não poderia dissuadi-la. Pai e filha falaram-se demoradamente, com sofrimento e compreensão. À medida que avançava, Lizza tinha vontade de sufocar o inicial impulso e retroceder, anuir, tal a pena que lhe causava a dor do pai. Mas agora era preciso ir até o fim.

Pinkhas contemplava a filha com pasmo. *Que tempos estes, os que corriam? E sua filha, ele simplesmente a desconhecia. Que reservava o destino escolhido por ela? Dizia querer continuar a estudar. Mas que bem poderia advir para uma mulher de muito saber? Por outro lado, como não ceder, se, através dela, revivia seus próprios sonhos fracassados?* Sem confessar, orgulhava-se de Lizza.

Certamente, não fora assim que ele ideara. Quando visitava os amigos, e os via com os filhos de seus filhos, continuando-se através da memória e das gerações, queria ver também as filhas casadas, e netos, para que sua alegria pura e transbordante lhe iluminasse os dias na velhice. Não obstante, concordou. No momento, não via senão os desígnios da filha.

O dia seguinte seria o de um sol resplandecente. Lizza acordou de madrugada ainda. Os galos desafiavam-se, despertando em clamor a Criação. Foi à varanda, abriu as janelas de par em par.

— Talvez assim o dia não tarde em chegar.

Em seguida, banhou-se com o chuveiro aberto a toda pressão, alongando os membros num deleite de pássaro distendendo as asas. Livre, enfim. Riu feliz, sob a água escorrendo fresca no rosto aberto. Vestiu-se às pressas, foi à cozinha e fez o café. Ardia de impaciência por que a casa toda acordasse, que o dia começasse de uma vez. Ansiava por enveredar pela longa, longa estrada que ainda tinha a percorrer.

*

Mas a liberdade, também ela é escravidão.

Podia agora seguir o seu caminho. Mas como não deter-se ante a tormenta que se avolumava e como não aproximar-se do pai, em seus conflitos? Como trair o próprio passado, que viera com ela desde a infância através da corrente de vicissitudes e terrores em que crescera? Aquela herança ancestral, não a podia, sufocar num único impulso libertador; não podia, num rasgo de intuitivismo emocional, isolar-se da fatalidade dos acontecimentos do mundo tão conturbado, muito embora sabendo que, como ser humano isolado, era impotente para reagir.

23.

O resquício de ódio e violência que ficou germinando no seio do povo alemão extravasava, como lava vulcânica, as sombras estendendo-se sobre a terra, espalhando o luto e a dor sobre culpados e inocentes por igual.

— Inutilizadas as intenções conciliatórias que ela própria, a Alemanha, manifestara com sua participação no Covenant da Liga das Nações, e por ocasião de todos os outros pactos e tratados a que se associou — comentava Pinkhas, curvado sobre o noticiário da imprensa, e custava a compreender. Não acreditava no que seus olhos viam.

— "O pavor ao chauvinismo, hoje frequente, é uma demonstração de incapacidade!" — leu. — E ninguém atenta para o significado terrível destas palavras. Ninguém. Como antes sorriram, ouvindo as arengas de Hitler nas praças e cervejarias de Munique, agora sorriem diante disto: "terras novas", "sangue novo", "sangue ariano". O mundo não desperta, não se adverte do perigo. Todos os povos se deixam enganar com as promessas de paz, e o próprio povo alemão não percebe o que está implícito na judeufobia que transborda do *Mein Kampf*. Não vê que é coisa para servir de pasto à populaça e, assim, desviar-lhe a atenção dos problemas decorrentes da penúria econômica, consequência do seu fracasso de nação derrotada. Lizza, ontem falei com um alemão. Disse que as fábricas de munições estão trabalhando 24 horas por dia, e que a juventude alemã está sendo treinada na arrogância e no emprego da força bruta. E a onda de vandalismo não se limita apenas à Alemanha. Veja a figura que faz Selassié, implorando a ajuda da Liga das Nações. Como se palavras, meras palavras, valessem diante da eloquência dos bombardeios aéreos. E você ainda verá que esse assalto de Mussolini à Abissínia, ante a inércia da Liga e a muda aquiescência do mundo inteiro, encorajará Hitler em seus intentos.

Depois Pinkhas envergonhava-se de suas palavras, pois não era na consciência dos homens e dos povos que acreditava? Como, então, ironizar as reivindicações de um país perante o tribunal das nações?

Em pouco evidenciou-se que, efetivamente, palavras e tratados nada valiam.

A Alemanha começou a rearmar-se, violando, assim, o Tratado de Versalhes, e as tropas de assalto de Hitler ocuparam a Renânia, estabelecendo ali bases militares.

No caldeirão da revolução espanhola, os países democráticos não quiseram intervir, a fim de não arrastar a Europa para um segundo conflito generalizado, disseram. Não queriam ver nem mesmo com a participação de quem a fogueira estava sendo alimentada. E agora estava aí a guerra, outra vez.

— Dos pobres chineses — comentava — ninguém se lembra mais. Podem continuar morrendo, aos milhões. É negócio lá com eles. No Oriente, como no Ocidente, onde quer que o fogo se alastre, dizem os cidadãos amantes da paz: "Não temos que ver com isto." Acham sempre que é a casa do vizinho que arde, e estão certos, demasiadamente certos, de que as chamas não os atingirão. E *monsieur* Chamberlain indo e vindo, sorridente, qual um atarefado mestre de cerimônias.

24.

Não tardou que se renovassem os distúrbios no Oriente Médio. As aldeias árabes eram assediadas pela propaganda antissemita; nas mesquitas e nos mercados se inflamava o ânimo do árabe, que outra coisa não queria senão fazer as suas preces e vender suas mercadorias.

E, assim, explodiu nova onda de "nacionalismo árabe" na Terra Santa. Mais uma vez os judeus tiveram que fazer uma pausa na sua obra criadora e pacífica, e pegar em armas para a defesa das colônias.

— "Os interesses nacionalistas árabes"... "os sentimentos nacionalistas dos *efendis*"... Equipam desordeiros árabes e mercenários estrangeiros com armas *made in Germany* e vêm falar em nacionalismo árabe. E que dizer da ideia da formação inglesa de uma Federação Árabe? Ah, filha, alguém já pensou em como seria este mundo de Deus se nele imperasse a decência?

Como um homem que tenta salvar os destroços, durante um vendaval, Pinkhas apegava-se a argumentos sentidos, mas inócuos. Monólogos compridos, sondagens sem fim.

— Batem-nos uns, sob a alegação de que somos comunistas; outros nos perseguem porque nos têm na conta de capitalistas. Aqui nos humilham porque somos trapeiros, acolá, hostilizam-nos porque somos nababos. Exterminam-nos em nome de Jesus e no de Maomé, e ora nos acusam de isolacionismo, ora de assimilação. Que sorte adversa. E, sabes? — dizia para a filha —, acho que nessa hostilização está, talvez, a maior glória nossa. Nossa fé e nossa conduta são incompatíveis com a violência e o morticínio. Onde quer que as forças do desmando e da prepotência ergam o cutelo, é preciso, antes, amordaçar as vozes da decência, da justiça, da piedade, de judeus e de não judeus. Mas, para que particularmente com um povo tão pequeno se faça tanta bulha, é que alguma coisa valemos. Tanto denodo, tanta fé, num mundo que se precipita no caos, ao ruído dos canhões, ao estalar dos chicotes, ao espezinhar de botas enlameadas...

Agora parecia falar consigo mesmo, arrastando as palavras, com um desânimo muito grande.

— Mas, sabes? — contra-argumentou, novamente com a voz segura —, é graças a este espírito impávido que o povo judaico não perece. Já fomos exilados por assírios e babilônios; destroçados pelos romanos. E, na Diáspora voluntária ou não, sofremos *pogroms* e perseguições sem conta. Hitler não é o primeiro Hamã da história. E, apesar de tudo, o povo sobrevive.

— Também a nós acusam de racistas — retorquiu Lizza, a contragosto. — Ainda ontem, na aula de sociologia, o professor referiu-se ao tão generalizado conceito de que formamos "quistos". Sei que não é a mesma coisa. Nós somos nós mesmos, e respeitamos o modo de viver dos outros povos. Mas é difícil fazê-los compreender.

"Os ideais e os preceitos judaicos não são de exclusivismo, nem de racismo, ou isolacionismo, como dizem hoje. O ideal judaico, nossa religião que, em síntese, é nossa ética, é de extrema humanidade e da mais larga confraternização com todos os povos. Se os judeus conservam feição própria, acaso não lhes assiste este direito? E não são necessárias as diferenças de indivíduo para indivíduo e de nação para nação, para a harmonia do todo?"

— Não, filha — acrescentou —, no curso de toda a sua trajetória, o judaísmo tem funcionado sobretudo como civilização, com um contexto de leis, costumes, estrutura social, literatura. E somente sendo autênticos e leais à sua tradição moral e histórica, estarão os judeus aptos a cooperar em favor da justiça social e da paz universal. Assim tem sido no passado, e assim será no futuro, pois, para todos os povos, os judeus sonham com o mesmo império de justiça e de direito.

"'Quando sacudires tua oliveira', diz a Bíblia, 'não tornarás atrás de ti, a sacudir os ramos; para o estrangeiro, para o órfão, para a viúva será', aduziu. E mais: '[...] amareis ao estrangeiro, pois fostes estrangeiros na terra do Egito.' Um povo que professa tal doutrina não pode ser nocivo ao próximo, quer esteja em terra alheia, quer tenha o estrangeiro em seu lar. E não continuam os Dez Mandamentos a servir ainda hoje como princípios básicos para a convivência da humanidade?"

— Se vivemos segregados, é nossa a culpa? — indagou.

— Não, filha. Guetos, áreas de confinamento judaico, horas de recolher, chapéus afunilados e estrelas amarelas nas mangas não são invenções judaicas. Mas, mesmo no repúdio, nossos algozes não têm a probidade suficiente. Esbordoam-nos e meditam com Spinoza, Heine, Bergson, Einstein; recorrem, em suas aflições, a Neisser, Wasserman, Freud e Adler, enquanto sangram judeus em *pogroms* e carnificinas. Este o mundo em que vivemos, e esta a moral a que gostariam de ver-nos convertidos.

Ethel interrompeu-os para que fossem jantar. Trajava um vestido branco e vaporoso que contrastava deliciosamente com o negro de seus cabelos ondulados.

E enquanto se dirigia à mesa, Lizza ia reparando na irmã com olhos novos. Como se desenvolvera esplendidamente. E reparou também em Nina, no seu porte esguio de menina-moça. Ambas haviam desabrochado como que subitamente, parecia-lhe. Nesse momento compreendeu que se havia distanciado das irmãs, às voltas com seus conflitos íntimos, e elas, num sentimento de mútuo apoio, haviam-se unido por fortes laços e viviam uma vida sua, com problemas próprios e soluções que encontravam por si mesmas.

O fato de se ampararem mutuamente aliviou-a de seu sentimento de culpa, por haver descurado de seu dever de irmã mais velha, sim, mas também lhe evidenciava haver-se interposto uma barreira entre ela e as irmãs. Tinham ideias e reações díspares, e parecia entenderem-se cada vez menos. Lizza começava a compreender que mesmo ela era retrógrada em comparação com a juventude que vivia a realidade dos tempos que corriam e tivera um estágio de cultura em época própria.

Tida na obrigação de continuar a tradição judaica no lar, agora que a mãe era falecida, e participando dos problemas e ideais do pai, diferenciara-se até certo ponto das irmãs, que não se sentiam na obrigação de amar essa irmã tão mais velha e torturada, o que lhe causava desapontamento e mágoa. O que não faria para aproximar-se delas, envolvê-las na sua ternura. Mas estranhos desígnios interpunham-se sempre que o ensejo se apresentava, e era ela própria quem muitas vezes deixava tombar a palavra cruel, o gesto condenado. Recaía, após, em amargos solilóquios, sentindo dor e solidão.

Pinkhas assistia à conversa das filhas silencioso, raramente emitindo uma opinião. Escutava e ficava meditando longamente. Só ele sabia o que lhe ia no pensamento. Também Lizza caía em seguida em grandes mutismos, pensando nos estranhos caminhos da vida.

Aliás, há muito, já, vinha notando profunda mutação em seu modo de pensar e de agir. Continuava, é certo, a lecionar e a estudar, mas percebia que alguma coisa não estava indo bem. Conseguira a nomeação de professora pública, e a escola ficava num bairro pobre. *Tanto melhor*, pensara de começo, pois era sobretudo aos meninos necessitados que ela quisera poder proporcionar conhecimentos e o deleite da evasão através dos livros. Mas, à medida que se ia identificando com a vida e a gente do subúrbio de Afogados, a dúvida instalava-se em seu espírito. Começou a perguntar-se de que serviriam as primeiras letras àquelas crianças esquálidas e esfarrapadas, de grandes ventres inchados de fome e de solitária; se o curto aprendizado na escola os resgataria da miséria em que viviam. *Não*, retrocedia. *Não estou sendo objetiva. Claro que isto é melhor do que nada, e é preciso fazer mais, muito mais.* Então pensava: *É que o meu problema não é este.* Entretanto, por mais que se esforçasse, não divisava o rumo a seguir.

Nos próprios estudos, parecia-lhe, não progredia. Quando, após um dia estafante de aulas, entrava no recinto da faculdade, tinha a impressão de haver penetrado numa masmorra. A classe mal iluminada, as paredes escuras, o professor a ruminar sem nenhum entusiasmo programas por demais didáticos, seguindo métodos obsoletos e bolorentos; os colegas, na maioria rapazes mal nutridos, mal vestidos, muitos dos quais saídos de trás dos balcões ou de escritórios, davam a desoladora impressão de fantasmas aprisionados.

Muitas eram as vezes em que ela se detinha em meio a uma palavra, um gesto, com a sensação esquisita de mirar-se por trás de si, como se um segundo eu estivesse a espreitá-la. E, assim se observando, perguntava-se por que tinha de conquistar sua liberdade hora após hora, cotidianamente, por que era preciso alimentá-la sempre com novos alentos? Sobretudo, como continuar a calar para não ferir, não magoar? Até quando poderia continuar a fazê-lo? Ainda agora, como poderia falar ao pai, sem fazê-lo sofrer, ele, que quisera casá-la com um religioso estudante de *Yeschivá*, para que continuasse a tradição sagrada, manter a unidade da família — como iria falar-lhe a respeito de Vicente?

Lágrimas de amargura vieram-lhe aos olhos, quando rememorou todos os pequeninos nadas que gradativamente foram tecendo a teia da qual não mais sabia como desvencilhar-se.

25.

— A vida é mais forte do que nós — dissera-lhe Mercedes. Como se já não o soubesse... No entanto, perturbou-se. Talvez fosse a entonação da voz, o riso gutural e a expressão dos olhos azeitonados. Fitava Mercedes sem uma palavra, tentando captar o que ia no pensamento daquela moça que não se prendia a nada, nem a ninguém.

— Há algo mais importante que o amor — respondeu-lhe por fim.

— Você acredita mesmo no que está dizendo?

— Acredito.

— Você é uma tola. O que lhe falta é coragem, isto, sim. Vicente aparenta gostar de você. Que mais espera? Ou pensa que será sempre jovem, e que ele a amará eternamente? Deixe-se de tolices. Aceite a vida como ela é, e vá vivendo. É o melhor que tem a fazer.

Aquilo lhe doía, mas calava. Mercedes sempre seguira o caminho mais fácil. Como, pois, fazê-la compreender sobretudo o que ela própria custava a aceitar?

Mas a calma com que enfrentou a colega nos corredores da faculdade abandonava-a na medida em que ia descendo as escadas do edifício. Como Mercedes disse, sabia que estava se arriscando a perdê-lo, que não poderia conservá-lo por muito tempo acorrentado aos seus conflitos.

Assim, se debatendo, saiu pelas ruas afora. Ao atravessar a ponte, deteve-se a olhar lá embaixo as águas rolarem em correnteza, e sentiu repentinamente uma espécie de vertigem. Ao tumulto das águas encachoeiradas, sobrepunha-se o tumulto de seus sentimentos. Estranho fascínio começou a atraí-la quase irresistivelmente para o abismo. Então agarrou-se fortemente à balaustrada, cerrou os dentes, enquanto um grito mudo violentou-a por dentro.

Em casa, a mesa estava posta para a ceia. O pai, pondo de lado o jornal, levantou-se e foi ao seu encontro; tomou-lhe a cabeça entre as mãos e beijou-lhe a face. Ela tentou sorrir, mas aquele derradeiro esforço era mais do que o que podia suportar. Então desprendeu-se do pai e foi refugiar-se em seu quarto.

Não, ia pensando, *eu não o farei, não devo, não quero*. Os olhares do pai e das irmãs queimavam-na por dentro. As irmãs por certo não teriam insistido tanto para que se sentasse à mesa, se já não soubessem, se ao menos não desconfiassem; e o pai, ele não a teria beijado como se estivesse a sentir com ela, a lamentá-la, se já não desconfiasse também. *Não, é horrível*, ia pensando, enquanto rolava na cama.

— ... China, Índia, Palestina, Espanha, guerras, revoluções, epidemias — dissera Vicente —, que pode você contra todas essas calamidades? Em nome de que você se atormenta e desperdiça a sua vida?

— Tudo quanto ocorre no mundo inteiro — respondeu — tem um significado profundo para o judeu. Onde quer que o vendaval irrompa, é primeiramente ao judeu que ele castiga.

— Mas você não está radicada aqui? Minha terra não é a sua? Não está você integrada na nossa vida, e entre nossa gente?

— Sim, isto é verdade. Tanto eu quanto os meus estamos radicados aqui, e este é agora o nosso lar. Mas será que você não compreende que não é de nós que se trata? É o problema no seu aspecto global que encaro.

*

Um grande cansaço varreu o resto do pensamento, e ela caiu numa espécie de torpor. Quando desceu, na manhã seguinte, para o café, já encontrou o pai e as irmãs à mesa, o pai, taciturno, um vinco entre as sobrancelhas.

— Papai, que você tem? Está tão triste. — *Será que ele já sabe?*, perguntava-se.

— Como quer que eu esteja alegre? Ainda não viu os jornais? Leia. É sempre a mesma história. Os judeus. Sempre e sempre os judeus. Povo infeliz! — disse, elevando a voz, com raiva. — Ao menos deixassem que nos assimilássemos, e pronto, acabariam os judeus, e a bulha que se faz conosco. Mas nem isto. Veja. Os judeus da Alemanha, que sempre se consideraram cidadãos alemães antes e acima de tudo, eram alemães da seita de Moisés, diziam, e, como tais, combateram na guerra pela Alemanha, e aquinhoaram-na com os frutos do seu labor e engenho. Agora, escavam-lhes o judaísmo de onde nem sua própria memória alcança mais, e lho atiram à cara: toma, és judeu, ainda que não queiras, e judeu serás até o fim dos tempos. E eles hoje apanham tão bem — concluiu com amarga ironia —, como se jamais se tivessem assimilado. Às vezes chego a pensar — prosseguiu com uma lassidão muito grande — que é graças ao periódico aparecimento de Hitlers que o judaísmo ainda subsiste. Eles não nos deixam esquecê-lo. São eles, em verdade, que reavivam em nós a consciência judaica e nos incitam à resistência.

Lizza apanhou, ao acaso, uma revista ilustrada. Estampava grandes plantações, os *halutzim* mourejando nas docas de Haifa, abrindo estradas, e, em eco às amargas considerações do pai, embora soubesse que era o sofrimento que o fazia falar assim, perguntou-se se essa penosa tarefa de soerguimento da Terra Santa resolveria o problema. Não seria, antes, o aprofundar mais ainda a já tão arraigada diferença de credos e de interesses, com as consequentes querelas políticas?

Oh, quando chegará o dia em que os homens poderão viver sem preconceitos nem prevenções, sem ódios nem vilezas, quando? Quando poderá cada qual viver livremente sua vida e dispor sem peias de seu destino?

Ao abordar o assunto com Vicente, ouviu-lhe com surpresa e desgosto palavras de raiva denotando um desprezo que até então desconhecera nele.

— Vocês... judeus! Que terrível mania de perseguição a que vocês têm! Não veem as coisas senão pelo seu lado. — E ante o espanto dela, arrematou: — Eu disse isto intencionalmente. Foi para experimentar você. Gosto de ver seus olhos quando tristes. Ficam como o mar em ressaca. Eu gosto das judias, sim, gosto de *uma* judia — acentuou —, e até tenho alguns amigos judeus.

— O fato de gostar de alguns judeus não quer dizer que os aceite a todos.

Em seguida pareceram-lhe inúteis mesmo as palavras que havia proferido. Tinha compreendido que ele queria sua ternura. Suas ideias e lutas íntimas que ficassem com ela. E de repente percebeu a distância que os separava — a diferença que haveria de perdurar sempre.

E aquele seria o dia em que teria de decidir pelo sim ou pelo não. De sua resolução dependia a partida de Vicente, em gozo de uma bolsa universitária com que o haviam premiado e o seu provável final afastamento.

Por algum tempo ainda caminharam ao longo do cais. O rio estava tranquilo, os canoeiros remando devagar. A cidade recolhia-se ao sossego da tarde. Os dois silenciavam, só se lhes ouvindo os passos cadenciados.

Somente quando chegou em casa, aquilatou toda a extensão de sua perda.

26.

À medida que os anos se iam acumulando, a solidão começou a pesar sobre o coração de Pinkhas. Por mais de uma vez pensara em tomar nova esposa, depois decidira pelo não. Não queria dar às filhas uma madrasta. E enquanto não se casavam as filhas e não se casava ele por causa delas, sua vida ia-se arrastando vazia.

Por vezes ainda o assaltava sentida saudade de Marim, perturbando-se, à lembrança querida. A saudade dos irmãos distantes já não lhe doía tanto. Era mais do domínio do pensamento que, mesmo, da sensibilidade. E as filhas, estas, via, distanciavam-se dele mais e mais, absorvidas pelos estudos e os interesses próprios, tudo concorrendo para subtraí-las ao seu convívio, à permanência demorada no lar.

Como tudo era diferente agora.

Por muito tempo ele permaneceu sentado num banco do passeio público, em vez de dirigir-se para casa, imerso em suas cogitações, à espera de que os pensamentos se arrumassem, que a quietude da tarde lhe trouxesse um pouco de serenidade. Pois às vezes olhava à sua volta com a turbação de um homem que perdeu o caminho. Cada vez entendia menos o que estava acontecendo no mundo, parecendo não compreender, sequer, o que estava sucedendo a ele mesmo.

Nessa noite, decidiu-se a falar novamente a Lizza. Bateu de leve à porta de seu quarto. Desde há algum tempo, já, ela se vinha recolhendo ao leito assim que chegava da rua. Atribuía o extremo cansaço à atividade despendida durante o dia. E mesmo quando estava ligeiramente febril, desculpava com um pretexto pueril o seu estado, dizendo não ser nada grave. Amanhã estaria boa.

Pinkhas sentou-se em frente dela, e foi direto ao que vinha:

— Lizza, não se pode viver só a vida inteira. Você não é mais criança, é uma moça culta. Ouça-me. — Ainda hesitou um pouco, depois prosseguiu. — Sei de um jovem que se interessa por você. Falaram-me nisso, encontrei-o ontem, por acaso — arrematou. E, como visse conturbado o semblante da filha, ajuntou com severidade:

— Lizza, as meninas estão crescidas. É tempo de pensar nelas.

— Case-as, pois — respondeu serenamente. — Que não esperem por mim. Talvez, mesmo, nunca me case — concluiu desviando o olhar. O sofrimento do pai lhe doía, doía-lhe a própria impossibilidade de aquiescer. E, por mais que lhe pesasse, não pôde deixar de observar: — Nem todas as famílias são iguais, nem toda gente pode viver do mesmo modo. Convenhamos que nós somos um pouco diferentes. Você mesmo, papai, por que não tornou a casar? Por que não refaz sua vida? Não espere por nós, e que as meninas não esperem por mim. Cada qual deve seguir o seu destino, viver a própria vida.

— Ainda que desgraçada?

— ... ainda assim. Cada qual deve valer-se a si mesmo.

Pinkhas observava a filha com pasmo. Havia maturidade e uma estranha determinação em suas palavras. Embora ele próprio muitas vezes se lhe tivesse dirigido em termos graves e sobre assuntos sérios, sobretudo depois que perdera a esposa, não podia esquecer que quem assim falara fora sua filha que há bem pouco, parecia-lhe, ele acalentara e muitas noites embalara no berço. No entanto compreendeu, e durante muito tempo ficou pensando, procurando antever o que o destino lhe reservava.

27.

Sobre os cadáveres que vão juncando as estradas, elevam-se os clamores.

— Mas os homens que escravizam e matam não se apiedam, nem se acautelam — monologava Pinkhas —, nem o resto do mundo se comove ante a onda de desumana selvageria desencadeada primeiro sobre o nosso povo e agora estendendo-se sobre os demais. E isto é apenas o começo...

Como todo homem de pensamento, ele acompanhava com apreensão a marcha dos acontecimentos. Presenciou a visita de Chamberlain a Hitler. Deram-se as mãos, cumprimentaram-se afavelmente. Depois Chamberlain voltou para o lugar de onde tinha vindo e Hitler prosseguiu na sua faina genocida. O grande Reich deveria espraiar-se livre e impunemente por todo o mundo. Sim, eram estes os seus propósitos: "Primeiro conquistemos a Europa e depois o mundo inteiro", proclamavam alto e bom som.

— E não é que volta o mesmo Chamberlain, de parceria com Daladier, a entregar, pelas próprias mãos, a Tchecoslováquia ao Reich? Não é evidente que pactuam todos com o opressor? — comentava Pinkhas.

Em seguida chegou a vez da anexação da Áustria, enquanto Madri caía nas mãos de Franco.

— Como cubos de brinquedo, assim vão tombando os países, um a um, resvalando povo após povo para o regime da escravidão e do opróbrio. E agora a imprensa alemã trombeteia: "Os soldados poloneses avançaram até a fronteira alemã!", como já antes havia historiado mentirosamente sobre "mulheres e crianças esmagadas pelos tanques tchecos"! Nem Dantzig, nem o Corredor Polonês, nem a Silésia, satisfarão o apetite de Hitler. Você verá, filha, como ainda não é chegado o fim. Demasiado confiou o mundo, demasiado embalou-se na inconsciência e nos sonhos vãos.

Depois Hitler assina o tratado de não agressão com a Rússia, que, por sua vez, apossa-se da Lituânia, Letônia e Estônia.

E após haver assistido com a morte no coração o avanço de Hitler sobre a Noruega, a Holanda, a Bélgica e Luxemburgo, Pinkhas debruçou-se sobre a agonia dos valentes soldados encurralados em inatividade na Linha Maginot pela política nefasta Petain-Laval.

Em seguida descambou dos altos negócios das soberanias e dos conluios de gabinetes, para acompanhar as levas de retirantes a se espalharem pelas estradas, galgando montes, atravessando furtivamente as fronteiras, perecendo nos caminhos gelados. Enlouquecendo nas estepes desertas.

— E em meio a tudo isto, a vida dos judeus é que se torna cada vez mais impossível. Veja, filha — apontava para os tópicos em negrito —, mais suicídios de judeus, mais fugas, mais desditas. E agora não é só na Alemanha, mas também na Tchecoslováquia, na Áustria, na Polônia. Até onde o mar de vandalismo se espraia, ali se afogam os judeus. Para onde quer que um judeu se volte, depara sempre com o ódio e o crime de seus semelhantes. É ele o cordeiro para todos os altares. Fazem-lhe pagar pelos erros de todos os homens. E o mundo inteiro participa do crime da opressão e da selvageria, com o crime da abstenção e do silêncio.

*

Lizza escutava os comentários do pai e calava. Falar seria feri-lo mais ainda. E, por vezes, a seu pesar, nem mesmo atentava bem no que ele dizia. Parecia-lhe que, de um tempo para cá, um embotamento estranho vinha-lhe

nublando a mente. Uma febre branda e renitente sugava-
-lhe as forças.

Decidiu, pois, passar alguns dias na serra. Eram, na realidade, as suas primeiras férias.

E foi com o deslumbramento de criança que tomou o trem, madrugada ainda, sorvendo o ar em haustos largos. Sentiu pontada aguda no pulmão, mas não deu importância. O comboio corria na campina rasa de terra vermelha e seca, enveredando caatinga adentro, mas era como se ela estivesse a flutuar num sonho feliz.

Sucederam-se o ar cru da serra, as casinholas imersas na quietude, o horizonte amplo e limpo.

Na manhã seguinte despertou ao som claro e solto de um sino, as badaladas derramando-se no espaço, como aroma. Uma badalada, depois outra, e mais outra, infundindo-lhe uma boa sensação de paz.

Por muito tempo permaneceu no leito, olhos fechados, aspirando o perfume verde que penetrava pelas venezianas, depois não resistiu à tentação de abrir os olhos, por mais que quisesse prolongar aquele instante de quietude de acalanto. Ergueu as pálpebras, e, como na véspera, tornou a ver as paredes caiadas de branco de casa da roça, o mobiliário tosco, a penumbra, e novamente concentrou-se naquele perfume forte e penetrante.

Outra badalada advertiu docemente. Ela saltou da cama, envolveu-se no roupão e foi à janela. Ao abri-la, uma rajada mais agreste envolveu-a, fazendo-lhe arrepiar a pele. Ergueu os olhos e viu os cumes verdes da serra, e o sol nascendo novo por trás dela. Uma adolescente toda de branco, terço e livro de missa na mão, passou em direção aos sinos, cuja torre branca despontava além.

A carrocinha do leite veio corneteando ao ritmo dos cascos dos cavalos sobre o leito da rua sossegada. Depois sentiu o forte aroma de café sendo coado, nos fundos da casa, e uma voz descansada e cantante a chamar.

E poderia dizer-se que o mal desaparecera de sobre a superfície da Terra. Que o tempo estacionou, que os homens são dóceis e puros como os cordeiros, como os pássaros, como a luz. O sol não tem pressa; as flores, isentas de angústia. A serra descansa placidamente, rolando sobre ela as auroras e os crepúsculos. E, no crepúsculo, todas as estrelas no céu se acendem — estrelas tão perto da terra e o homem tão próximo do céu. As pedras brilham no riacho raso e transparente, a cascata canta num murmúrio contínuo e apaziguador, apagando lembranças e cuidados, a mente a difundir-se em som e luz por sobre terras e terras, até distâncias infinitas, até o esquecimento final.

Depressa veio o dia da partida, o da viagem de volta.

Acabaram-se demasiado cedo o deslumbramento e o sonho, os mutismos cheios de ventura, ao borbulhar entontecedor da cascata, ao cristalino puro do rio, ao badalar sereno dos sinos, o grande e nunca antes experimentado sentimento de libertação.

28.

1939. O irromper da guerra trouxera mais amarguras a Pinkhas. Ele sabia o que era a guerra. Durante o reinado do tzar, se não merecera ser considerado bastante russo para usufruir dos direitos de cidadão, fora, no entanto, julgado suficientemente empenhado para cumprir com os deveres de soldado. E se a disenteria o trouxera depressa de volta do *front*, não deixou, contudo, de experimentar a crueza das trincheiras. Mas agora, parecia-lhe, a luta tinha maior amplitude e significação. Repercutia mais fundo. Era o momento decisivo sobre se a humanidade descambaria irremediavelmente para a degradação e as trevas, ou se pretendia sobreviver com dignidade. E se não conseguisse sobreviver com honra, ao menos soubesse perecer com altivez.

De começo, a luta reanimara-o, sim, apesar do seu horror à violência.

— Já não estamos sós — dizia, lendo as notícias sobre as atrocidades nos guetos e nos campos de concentração, ora as do desenrolar do conflito armado. — E os que são contra a guerra — argumentava — acaso estão isentos de sua responsabilidade? "Somos os melhores, os mais capazes, os mais puros. Os super-homens!", de quem estas palavras? — indagava com sarcasmo, e respondia: — Dos arrogantes espécimes da chamada raça ariana. "Anexemos. Colonizemos. Escravizemos a Europa inteira." Que esplêndido celeiro para o grande Reich. "Para conquistá-la, é preciso violência. Que importa? Temos um grande destino, uma missão superior. A posteridade nô-lo agradecerá."

— Quando, em que tempo ocorreu isso? — tornava a indagar. E retrucava: — Por vergonhoso e humilhante que seja, reconheçamo-lo, ao menos. Isto não se deu apenas em 39. A guerra de 14 teve os mesmíssimos antecedentes. E, em consequência da passividade do mundo inteiro, ocupado em suas próprias colonizações e escravizações, em seus pequenos negócios e intrigas, em suas próprias tiranias, foram-se perpetrando todos os outros crimes que se verificaram num e noutro período da história.

Duas vezes num mesmo meado de século a humanidade sangra e padece.

Muito custara a Pinkhas presenciar a luta improfícua e vã dos patriotas poloneses, com o governo fascista de Varsóvia por trás de si, como o estacionamento estéril dos exércitos franceses na Linha Maginot, o esboroamento dos holandeses, de que só ficara de pé a sua bravura, experimentada em luta desigual, e o fracasso belga, à falta de um segundo rei-soldado.

Tudo mentia miseravelmente.

Calais. Dunquerque. Flandres. Artois. Sedan. E na mesma histórica floresta de Compiègne, Hitler fazendo entrega dos termos de armistício à França...

Pinkhas lia, e debatia-se sob o peso da catástrofe que se refletia nessas notícias.

Rompido o pacto de não agressão por parte da Rússia em relação à Polônia, que foi partilhada entre a URSS e a Alemanha, e concretizada a conquista russa de magníficos pontos estratégicos, Hitler julga prudente suspender temporariamente a política anti-Comintern, e, repentinamente, "descobre" que seus verdadeiros inimigos não são os bolchevistas, e sim mais uma vez os judeus.

E aumentam as correntes de prisioneiros judeus conduzidos para os matadouros. Conduzem-nos a pé, seminus e descalços através de caminhos gelados, e os transportam mais rapidamente nos "trens da morte", mas não com velocidade bastante para que os poucos que resistem à tortura das viagens nos vagões superlotados, forrados de cal viva e hermeticamente fechados, possam escapar à perda da razão.

Pearl Harbour. Malásia. Hong Kong. Guan. Filipinas. Wake.

Hitler não tem mais ilusões sobre a posição da América.

Roosevelt adverte. E as esperanças do mundo inteiro voltam-se para ele.

Com a derrota de Mussolini, o Mediterrâneo já não oferece mais abrigo. E agora, mais que nunca, Hitler precisa da Rússia; precisa de suas grandes reservas materiais e que escravos russos substituam o braço alemão na indústria. E, mais uma vez, os tratados de não agressão viram farrapos.

O mundo assiste, atônito, ao avanço das hordas alemãs, e se pergunta se o colosso russo sucumbirá ou se terá lugar a repetição da aventura napoleônica.

Mas o verão havia findado. À resistência russa, divisava-se agora o inverno russo. Às portas de Stalingrado o inimigo parou.

*

Pinkhas voltava nesse momento as esperanças para outro ponto do globo.

A declaração da Carta do Atlântico viera lançar um tênue raio de fé em seu ânimo. Era um sustentáculo para todos os povos oprimidos, essa Carta, sim, mas significava muito mais particularmente para os judeus. Era tudo quanto os judeus queriam: "[...] uma paz durável e segura, para que todos os homens de todos os países e de todas as raças possam viver em liberdade, longe de temores e segundo a sua própria e sagrada vontade."

— Que mais querem os judeus — comentava —, senão a paz e a liberdade? Sim, parece que, enfim, a humanidade desperta da longa noite de barbárie e opressão.

A acreditar na promessa desta Carta, pensava, *terminaram os nossos sofrimentos. Todos os povos serão, por fim, redimidos e libertados, todos.*

Em seguida, recaía em si, para considerar:

— Mas isto implica na alforria para a Índia, para a Palestina, e a extinção de todos os protetorados e possessões. Esses homens aquilataram, realmente, o significado das palavras desta Carta? Ou estarão apenas brincando com as esperanças do mundo?

29.

Completada a conquista de quase toda a Europa por Hitler, o Alto Comando alemão decidiu ir em auxílio dos italianos, cuja derrota na Tripolitânia era iminente. E, organizado o Afrika Korps, as atenções do mundo voltaram-se para o Oriente Médio.

Em pouco, a guerra no Oriente se havia transformado numa equação de solução difícil. O canal de Suez corria perigo. Em perigo estavam também o petróleo de Mossul e o trampolim de Dakar. As hordas do Eixo envolviam a Ásia e a Oceania. Haifa era um dos escoadouros do petróleo, e de El Alamein dependia nesse momento o curso dos acontecimentos.

A Palestina assumia importância cada vez maior para os ingleses, e, como um só homem, a população judaica desse país pôs-se a serviço dos exércitos de libertação.

Uma luz brilhava nessa nova tormenta aos olhos de Pinkhas, ao presenciar a cooperação heroica dos judeus. Conquanto soubesse que lutavam todos com o mesmo objetivo, e que também no Ocidente os judeus haviam se incorporado aos exércitos de todas as bandeiras da liberdade, sua participação na oposição aos avanços de Rommel incutia-lhe uma fé inabalável na possibilidade de soerguimento de Israel.

Berlim, Roma, Madri e Vichy festejavam antecipadamente a vitória de Rommel; o *ex-mufti* de Jerusalém e o ex-primeiro-ministro do Iraque, hóspedes de Hitler, antegozavam a satisfação do ajuste de contas que fariam em breve com ingleses e judeus.

Não obstante, Pinkhas mantinha viva sua esperança.

— Não é crível que o mundo despreze este novo sacrifício dos judeus, esta sua dádiva generosa.

E debruçava-se sobre os mapas e o noticiário, assistindo, emocionado, à transformação de *Eretz* Israel em rico celeiro para as tropas defensivas. Forneciam aos ingleses água, alimentos, combustível, e formavam eles próprios esquadrões suicidas de reconhecimento e de sabotagem das linhas inimigas, preparando com denodo o caminho dos exércitos que haveriam de marchar vitoriosos.

Bardia. Tobruk. E, finalmente, El Alamein.

— Quando se recordar a vitória de El Alamein, quem poderá, em sã consciência, negar a participação dos judeus na causa da liberdade? O mundo por certo no-lo reconhecerá.

— Mas como chegaremos a alcançar o fim, como?, se todos os dias enchem-se novos campos de concentração, novos fornos crematórios, câmaras de torturas e de massacres, dia após dia? Veja, filha: "Marcados todos os judeus", é da França esta notícia. "Esterilização de judeus na Holanda", "Prossegue o massacre da população judaica polonesa", "Crueldade húngara contra os judeus". — *Não, não é possível. Ele está louco*, pensa. — É sua mente insana que maquina essas torturas diabólicas. Não é possível que seres humanos desçam a tamanha degradação. Mas — retrocedia — humano não é também ele, e não está engendrando essas vilezas? Não, não é ele — debate-se.

— Lizza, veja aqui, aqui, você também lê o que eu leio? Veja: "Colmeia transformada em matadouro." E aqui se lê: "Apelo a Churchill para que abra as portas da Palestina aos judeus." "Uma palavra da Grã-Bretanha, e multidões de judeus europeus poderão salvar-se." Vê? — dizia —, a palavra salvadora depende unicamente da Inglaterra, a "guardiã da liberdade"... As portas da Palestina são as daquela mesma Palestina que luta ao lado dos libertadores, e a palavra salvadora não é proferida. O infame Documento Branco continua de pé.

Seu sofrimento era tanto maior quanto se sentia impotente para clamar, para agir.

*

Às primeiras notícias da insurreição dos judeus do gueto de Varsóvia, Pinkhas entrou num estado de excitação febril. De antemão sabia ser uma luta suicida, e por isso mesmo mais pungente.

— Qual a perspectiva de um punhado de homens munidos de uns quantos revólveres e garrafas incendiárias contra os pelotões nazistas fortemente armados com metralhadoras, granadas e lança-chamas, e abrigados por trás e no interior de seus possantes tanques? — comentava. — É uma luta heroica, sim, mas incomensuravelmente desigual. — E não sabia se devia alegrar-se com essa demonstração de coragem e resistência espiritual, ou lamentar a sorte desses homens desesperados e solitários em meio a tanta violência e iniquidade.

*

— Que se vê agora? — comentou, passado algum tempo. — Depois que os judeus deram sangue e vidas nas fileiras do Oitavo Exército, os árabes é que são chamados para dizer o que pensam sobre o sionismo e o destino da Terra Santa. Sim — acrescentava —, aqueles mesmos amigos de

Hitler e de Mussolini, que durante a guerra no Oriente Médio fizeram estação de repouso em Berlim! Nossos homens são cremados nos campos de concentração, e comboiados para a maldita ilha Maurício, enquanto os príncipes árabes, que não levantaram um dedo em favor dos aliados, que não arriscaram em favor da Inglaterra um só camelo, são chamados a dizer o que pensam sobre a Palestina. Não é isto um escárnio?

Lizza olha o pai, e o medo gela-a por dentro. Os olhos de Pinkhas estão turbados, a voz rouca. A cada dia que passa, ela e as irmãs mais temem pela sua saúde. Ele trabalha ininterruptamente nos comitês de salvamento das vítimas da guerra, e as idas à Cruz Vermelha agravam ainda mais o seu estado.

As contínuas leituras e as grandes cismas completam-lhe o aniquilamento.

Pinkhas tem agora a fronte fortemente sulcada, a pele escura, os lábios contraídos. Envelhecera muito nos últimos anos. Traz a cabeça grisalha e uma expressão permanentemente dolorosa no olhar.

30.

*"E aos dez deste sétimo mês tereis
convocação santa, e afligireis vos-
sas almas; nenhuma obra fareis"*
(Num. XXIX, 7).

O *Yom Kipur* desse ano foi mais difícil para Pinkhas. Os *yomim tovim*, ainda que tomados em sua significação histórica, há muito, já, ele deixara de emprestar-lhes o aparato tradicional; pela sua simbolização, não podia, no entanto, deixar de observar os *yomim noraim*.

Nesse *Yom Kipur* ele entrou em casa com o coração pesado. Que dia, esse, de purificação, no qual ousara, na própria morada do Senhor, duvidar de Seus desígnios?

O dia fora longo, e não pudera orar. Em vão tentara desenraizar a dúvida que lhe corroía a alma, e ainda quando, no fim da tarde, o toque do *Schófar* fez-se ouvir, em aviso, não despertou para o reconhecimento de seus pecados e a imploração do perdão. Não. Antes, arrancara-o de seu letargo para recordar os mortos, os impunemente assassinados, as viúvas, os órfãos, e os cadáveres que putrefaziam a terra inteira, e as vozes das consciências que clamavam em cada rincão.

À mesa, após o dia de jejum, absteve-se de jantar. Permanecia silencioso, diante de seu copo de chá, sorvendo-o em pequenos goles, enquanto passava os olhos no jornal. Seu pensamento firmava-se cada vez mais na convicção de que somente um lar nacional judaico seria capaz de remir o seu povo da perseguição encarniçada que lhe votavam os demais povos.

No íntimo, ainda dissociava o problema judaico do contexto universal.

— Desde que o mundo é mundo, há guerras, mas desde que existe o povo judeu, jamais teve um só dia de trégua. Em todas as épocas, e em nome de todas as ideologias e inconfessados interesses, a primeira vítima, a vítima já consagrada, é sempre o judeu. E não há que confiar num critério de justiça, que não existe.

*

"[...] Vocês, judeus! Só olham o lado judaico da questão", dissera Vicente. E isso lhe doera. Entretanto, Lizza surpreendia-se, agora, ante novo modo de pensar. A questão judaica é uma questão, sim, reconhecia, mas é o mundo inteiro que está prestes a soçobrar num mar de injustiças, de egoísmos e de violência.

Paulatinamente, parecia-lhe estar chegando quase ao mesmo ponto do raciocínio de Vicente.

— Mas, não. Não é a mesma coisa — dizia consigo.

Nas palavras dele havia uma aparente aceitação, ao passo que ela repudiava com todas as suas forças aquilo que considerava injusto e odioso.

Em seguida, deteve-se a lembrar Vicente, mas era como se estivesse a recordar alguém que tivesse pertencido a uma outra vida. Seu coração batia compassado.

Por outro lado, sentia-se uma sombra de si mesma. Às vezes, após dias seguidos de febre, tornava-se mais fraca, embora mais sensível, e mais receptiva também. Adquiria, então, uma faculdade quase extraordinária de compreender, de penetrar as coisas até o âmago. As noites, porém, constituíam-se-lhe num tormento cada vez mais difícil de suportar. Os lençóis encharcados pelo suor eram um fundo açude, a insônia queimando como areias escaldantes, a mente povoando-se de espectros, na memória boiando fragmentos de sua vida passada, com os quais lutava como imersa num mar de sargaços: os olhos loucos de Pantaleão, o doido guardador do vinhedo na encosta do hospital de Kichinev, a meter a cabeça pela janela da enfermaria, à noite, para espreitar as meninas. As caminhadas povoadas de terror, nas longas estepes. O rapaz com a ferida na testa, o sangue a escorrer-lhe até os pés. O odor acre de vinagre. As tenebrosas noites no fundo do porão, ouvindo o ressoar da metralha. Os silvos das granadas. Os silêncios alucinatórios. A mãe gemendo. O peixe com maresia. A cadeia pública, à luz mortiça das lâmpadas às janelas dos sentenciados, na outra margem do rio. O céu de chumbo, a chuva fria, a areia escaldante. As dissenções e o ermo. Portas fechadas. Mesmice. Tédio. Desespero. Então vira-se para o lado da parede. As visagens desaparecem. O mundo fica pequeno assim. Sucede-se uma lassidão muito grande. Os galos começam a acordar o dia. Um automóvel roda num ruído de ar violentamente deslocado. O primeiro bonde da madrugada passa arranhando estridentemente os trilhos, conduzindo homens de olhos vermelhos e caras inchadas para o sorvedouro das fábricas. O céu vai tomando uma tonalidade de azul cada vez mais profundo.

— O tempo. Aonde conduz? Por si, não conduz a coisa alguma. Tempo é espera. É a água em que os peixes flutuam — fria, incolor. Medir o tempo é esperar. Então, qual o sentido da vida e para onde nos arrasta a correnteza? Por que falhei em meus desígnios, por que me deixei levar pelas águas lodosas do rio sem fundo nem margens? Por quê? Ah, poder sentir-se dona de seu destino, vivê-lo plenamente, livremente, como quem corre campina aberta afora, rasgando o espaço, desafiando a ligeireza do vento, embriagada de luz, alheia à voz tacanha do conter-se, do moderar-se, do seguir utilitariamente a estrada comum, para logo depois ser atirada na vala comum. Em vez disso, é o enovelado de teias de aranha, cinzentas, gosmentas teias de aranha... Sem nexo. Sem sentido, sem princípio nem fim.

31.

No íntimo, Pinkhas ainda lutava para não resvalar para o que temia como sendo a perda derradeira. Entretanto, gradativamente, foi deixando de interessar-se pelos trabalhos de socorro às vítimas da guerra. Deixou de ir à Cruz Vermelha, deixou de ler e de encontrar-se com os amigos.

Ante o drama de Lídice, e do esperar, atento, a ver quem, senão os próprios judeus, celebrariam o sacrifício das muitas centenas de Lídices judaicas, passou muitos dias silencioso e só.

Permanecia muitas horas no pequeno jardim de sua casa, o sol amornando-lhe as costas, o pensamento distante. Dir-se-ia que agora começava a ver através dos homens, e por cima dos ombros dos séculos.

Não, concluía, ainda assim, a vida não estava partida. Havia um prolongamento acima da vontade dos homens, além da consciência individual e limitada. O uno e fluente sobrepondo-se aos credos e às seitas, às arrogâncias e aos egoísmos. Havia uma outra verdade, uma razão e uma determinação mais poderosas, para as quais a própria vida e a própria morte não constituíam barreiras, razões em si. Os erros e tropeços humanos, meras vacilações e quedas no longo e tormentoso caminho da experiência humana universal. E essa experiência conduziria à ruína, ou, ao contrário, à continuação da espécie num plano mais alto do pensamento e da moralidade? Quem poderia responder?

Dir-se-ia que, sem motivo aparente, um certo apaziguamento descia sobre ele, apesar dos acontecimentos perturbadores em derredor. Conhecimento novo abria-se vaga e doridamente na sua alma, no seu coração, como luminosa e verdejante clareira em meio a um bosque espesso e sombrio. Começou a sentir em si a nascente manando pura e eterna, e contínua, como se estivesse a transpor o umbral de uma realidade nova e mais efetiva.

*

Numa noite de céu claro, o ar transparente e tépido, o silêncio como a envolver a Terra inteira, Pinkhas adormecera para não mais acordar.

Lizza foi encontrá-lo, na manhã seguinte, estendido no leito, os braços ao longo do corpo, a fisionomia serena. Uma pancada surda ecoou em seu coração, o sangue a fugir-lhe do rosto, a terra sumindo de sob os pés. E novamente era aquela sensação angustiante do irremediável.

Depois alguém retirou-a do quarto do pai. Havia muita gente rondando por toda a casa, gente conhecida, e desconhecida também. Ouvia falar, mas não entendia. Sentia-se seca por dentro, inteiriça, como se fora feita de uma só peça, nervos e músculos enrijecidos. Em seguida levaram-na a ver o pai deitado no féretro, vestido com a sua melhor roupa, a gravata nova, os cabelos penteados. Lizza segurava as mãos das irmãs, e fitava, fascinada, o rosto querido do pai, num sentimento misto de dor e de pasmo. Via o semblante do pai serenado pela morte, rejuvenescido pela placidez da morte. Parecia dormir, simplesmente. Podia jurar que até lhe divisava um certo vinco risonho. E como podia ser verdade que o pai estivesse morto, como? Não, não podia ser.

Quando retiraram o caixão, ela ainda não havia podido verter uma só lágrima. Da inicial rigidez caiu num embrutecimento total. Chegava a não sentir coisa alguma, nem mágoa, sequer. Permanecia sentada, vergada sobre si mesma, fitando o chão e acompanhando com um olhar vago os pés das pessoas que se moviam na sala num e noutro sentido. Reconheceu os do senhor Josef pelas meias listradas e os cordões dos sapatos partidos.

Dias após, as irmãs partiram para as suas casas, para junto de seus maridos e filhos. Lizza não quis acompanhá-las. Ao mesmo tempo seu estado febril e de debilidade acentuava-se mais ainda. Volveu o pensamento para a serra. E, madrugada ainda, com a cidade adormecida, tomou um carro a caminho da estação, como quem foge de uma cidade morta.

Chovia. O céu, baixo e empanado; a estação, suja e escura. O vagão frio, os passageiros de fisionomias soturnas. Mão em chagas introduziu-se janela adentro em movimento de súplica. Depois, estendeu-se, tempo afora, o leito de barro vermelho e lamacento. O sol, que não chegara a nascer, descambou irremediavelmente por trás da terra, e os arbustos nus e esqueléticos da caatinga choravam grandes lágrimas de desolação.

32.

O término da guerra vinha vindo aos avanços e retrocessos, como um resto de condenação aos crimes ousados e perpetrados. Vinha-se arrastando como uma agonia, em arrancos sucessivos.

A cada notícia do *front*, os homens e mulheres que haviam permanecido nas cidades e nos campos, nos lares e nas fábricas, interrompiam as tarefas e tentavam agitar o desespero em revérberos de desafogo. Tocavam os sinos e as sirenes e subiam fogos de artifício aos céus distantes. Depois vinha o desmentido do fim das hostilidades, e novamente recaíam na desesperança e no tédio.

Na hora derradeira, uns riram, outros choraram. Mais uma vez saíram às ruas, gritaram e se embebedaram. Alguns apenas ergueram os olhos para o alto e fizeram uma prece por um morto querido. Muito poucos foram os que oraram por todos os mortos esquecidos. Houve, ainda, os que não interromperam seus afazeres, não beberam nem oraram. Simplesmente ouviram e silenciaram.

*

A exemplo de tantos outros, Lizza vagarosamente caminhava por entre a multidão. As bandas tocavam. Carros apinhados de gente percorriam as ruas em carnaval. O Brasil comemorava o glorioso feito de seus filhos e a proximidade de seu retorno à Pátria.

Lizza cuidava de anunciar a si mesma a grande nova, acalentando-se com o estribilho: paz, paz, enfim a paz. Mas não conseguia alegrar-se. Uma outra voz advertia: Belsen, Auschwitz, Buchenwald, Dachau. Massacres. Morticínios.

— Como encadear a vida depois disso? — perguntava-se. — Será possível viver uma vida nova, uma vida normal, e esquecer tudo quanto ficara para trás? — Já nem lembrava mais de como se vivia sem a constante ansiedade por notícias dos campos de batalha e o pavor dos relatos das atrocidades nos campos de concentração.

Viver assim seria como num sonho, pensou, incrédula.

Mas ao som dos cantos de vitória, sua fé, por instantes, foi vigorada.

— A Carta do Atlântico. As promissoras Quatro Liberdades. As declarações de Teerã, Dumbarton Oaks, Chapultepec, São Francisco. — Ao mesmo tempo perguntava-se em que se traduziriam essas promessas para os judeus.

— Só para os judeus? Mesmo para o mundo todo, que significarão? Como será essa paz?

Sentia como um rio escaldante a correr por dentro dela. Sua realidade, nesse momento, era novamente a febre.

Os sinos repicavam festivamente. Um grupo de rapazolas passou a correr, atropelando-a. Desviou-se molemente e sentou num banco da praça, ao sol ameno.

— Paz — ainda repetia —, paz, esquecimento.

Em breve começou a sentir fluir dentro de si uma ternura muito branda. A cabeça doía-lhe um pouco; o sol pesava-lhe na vista. Alguma coisa rompeu-se-lhe subitamente, e lágrimas quentes assomaram-lhe aos olhos. Toda ela ardia, como uma tocha. E sentiu-se de repente pequena, desamparada. Só. Nunca se sentira tão só e perdida.

À porta de uma casa que dava para a praça, assomou uma mulher sorridente, obesa. Deitou a mão sobre o ventre volumoso com tanto carinho pelas suas entranhas, numa alegria tão primária no semblante, que parecia sobrepor o bem-estar de seu ventre ao dos ventres da humanidade inteira. A realidade, para ela, era a realidade de seu ventre, o sentido da vida, a satisfação saciada de seu ventre.

Depois cruzou à sua frente Pece, a louca. Diziam que já viera assim da Alemanha. Passou monologando seu refrão macabro.

— Não se pode. Não, não se pode fazer mal a uma pessoa, não se pode humilhar, perseguir. Estou dizendo que não, que não se pode. Paga-se por isto, estou dizendo: paga-se. Ah-ah-ah, eles riem?...

Gesticulava e olhava, espantada, as fisionomias indiferentes em seu redor, e recomeçava o monólogo, as palavras saindo-lhe duras e ritmadas, como o rufar de um tambor. Eram brados partidos de uma mente ferida, de uma consciência conturbada. Havia lógica, sim, havia verdade em suas palavras, considerava Lizza. Tudo quanto dizia era o que qualquer pessoa de bom senso diria. Mas era a própria violência que anulava seu significado e oportunidade, em meio à insipidez e à cômoda e banal lucidez dos circunstantes. Uns riam dela, outros, mais discretos, afastavam-se, importunados.

Lizza ergueu-se do banco e encaminhou-se lentamente para casa. Sentia quebranto de forças e de vontade, e um desejo sobre-humano de anular-se na ausência e no silêncio.

*

Ao chegar, foi diretamente ao quarto e estendeu-se no leito. O calor asfixiava, a febre a consumia. Fechou os olhos e, assim, permaneceu por longo tempo, até a febre ir cedendo, e o dia ir declinando.

Da rua, através da janela aberta, veio até ela o som de vozes e risos de crianças. Passou e repassou as mãos pelo rosto e o pescoço, levantou-se e mirou-se demoradamente no espelho, à luz bruxuleante da tarde. Olhava para si como se estivesse vendo-se pela primeira vez. E reparou em que o cabelo, nas têmporas, havia encanecido um pouco; a testa e os cantos da boca vincados. As mãos, ainda jovens e brancas. Muito brancas para o rosto, e mesmo para o corpo. E o corpo, virgem, de linhas suaves.

— Meu corpo... que não chegou a frutificar.

Em seguida chegou à janela. Àquela hora, a vida no arrabalde adormecia placidamente. Tudo quieto, na serenidade da tarde, na inteireza do prolongamento do tempo. Os jardins estavam mergulhados na quietude do crepúsculo. Jarros floridos enfeitavam janelas e varandas. E, de repente, tudo lhe parecia tão irreal e ao mesmo tempo tão vívido.

— É como um grande navio a flutuar no horizonte. Mas tudo isto existe. Existe o riso fresco das crianças, e o silêncio cismarento das árvores, e os vasos coloridos. O ar é diáfano, a quietude, confortadora. Falta o amor que frutifique em dádivas.

*

E, assim, ela morreu para aquele dia.

Seguiram-se muitos outros — dias de febre e de agonia. Então desejou mais uma vez o silêncio acalentador da serra, talvez pensando no silêncio maior e mais fundo, aquele para o qual corpo e alma tendiam em dolorosa ânsia de consolo e de paz. Mas sabia que não era chegado o momento, ainda. Não adiantava fugir, se não podia libertar-se de si mesma e dos fantasmas que continuariam a rondar em torno dela.

*

E a época era de soerguimento e de reconstrução para o mundo inteiro, saído dos escombros da guerra. Intensificavam-se conferências e tratados, auxílios de parte a parte; falava-se em reparações e em retornos.

Só para os judeus não havia uma palavra de conforto, nem de justiça.

Judeus continuavam encerrados nos campos de concentração, agora policiados por soldados aliados, e as portas da Palestina permaneciam seladas pelo Livro Branco. Enquanto a vida voltava a reanimar-se para os demais povos, cada qual pensando suas feridas, podendo retomar o ritmo do trabalho e do progresso, e iniciada por parte dos próprios aliados a recuperação da Alemanha nazista, os judeus continuavam esquecidos. Os clamores de seu sangue inocente, sacrificado nas câmaras de tortura e de morte, como o derramado com heroísmo nos campos de batalha, permaneceram sem repercussão.

O mundo estava por demais atarefado. Depois se cuidaria disso.

E, pois, nos lares judaicos e nas sinagogas, elevaram-se as preces repassadas de pranto amargo. Enquanto se dizia o *Kadisch*, exprimia-se a dor e o desejo de redenção. "Acumularam-se demasiado os sofrimentos das perseguições sem tréguas nem piedade aos judeus. Já não podemos calar. Agora devemos clamar ao mundo, clamar a Deus, chorar os nossos mortos, purificar a memória dos nossos mártires. E que outra coisa podemos fazer? Não temos reino, nem poder. Só nos resta clamar para a consciência do mundo, gritar bem alto a nossa dor, para que não nos esqueçam. Que não nos esqueçam. E a nós mesmos dizemos: que não se apague, nunca, a chama de Israel. Juremos sobre os nossos mortos que o seu sacrifício não terá sido em vão, que preservaremos o espírito do judaísmo, que saberemos defender aquelas verdades por que eles pereceram. Do nosso sangue e de nossas lágrimas deve também brotar a seiva da vida e da liberdade. E nesta hora dolorosa conclamemos com o profeta: 'Reprime a tua voz, e faze os teus olhos cessarem de verter lágrimas.' Pois, há também para nós recompensa. Há também para nós esperança de um futuro melhor."

E as comunidades judaicas do mundo inteiro intensificaram a tarefa simultânea do salvamento de suas vítimas de guerra e o trabalho de continuação do legado espiritual e cultural de Israel.

Cansados das promessas não cumpridas, os sionistas exigiram a criação do Estado judaico. E, aos poucos, o plano da partilha da Palestina, já anteriormente ventilado, começa a tomar forma e a ganhar impulso. A Rússia declara que o apoiará, e os Estados Unidos manifestam sua solidariedade em relação ao mesmo plano. A Inglaterra protela. Declara estar disposta a dividir com outros países o mandato da Palestina, mas se apressa a vaticinar que "não há muitas nações que desejam assumir semelhante mandato".

Entrementes, os árabes começam a movimentar-se pela libertação do grão-*mufti*, que, incluído na lista dos criminosos de guerra, estava em clausura domiciliar numa vila perto de Paris.

As esperanças dos judeus convergiram para o Partido Trabalhista britânico, o qual, às vésperas das eleições, assumira o compromisso público de orientar-se num sentido mais compreensivo e humano no que dizia respeito à Palestina e ao problema judaico. Mas, mesmo após a sua vitória, o Documento Branco permaneceu de pé, para resguardar a linha de neutralidade inglesa, enquanto os árabes planejavam uma Síria maior, à qual anexariam parte da Palestina.

Entretanto, a esse tempo, entrava-se no segundo ano pós-guerra, sem que o mundo tivesse concertado os termos de paz. E uma trágica suspeita nascia nos espíritos mais esclarecidos.

— Onde aquelas verdades pelas quais combatemos? Em nome do que, afinal, foi derramado tanto sangue generoso, se às concepções mais simples e puras, às próprias razões vitais do homem continuam a sobrepor-se mais uma vez o ódio, o egoísmo, a incompreensão e a intolerância?

*

Os jornais do dia vinham cheios de relatos dessas conferências que redundavam em sucessivos choques e contradições. E, em meio a esse noticiário incongruente, figuravam tópicos que pareciam meras reproduções dos de há dois e três anos: "Tumultos antijudaicos na Eslováquia", "Ainda há discriminações na Áustria", "Desde maio, sete mil repatriados suicidaram-se. Sabe-se que a maioria é de judeus..."

O antissemitismo continuava a grassar e a ceifar vidas, e a mutilar a crença nesse mundo melhor e mais justo com que todos sonhavam. As cartas abertas a Mr. Attlee, lembrando-lhe as promessas feitas aos judeus, publicadas na imprensa, soavam ingênuas. Os judeus não haviam aprendido, ainda, a descrer.

Entretanto, na Conferência Mundial Sionista, em que se traçaram as bases do novo Estado judeu, estabeleceram cláusulas como esta: "O Estado judeu será baseado sobre completa igualdade de direitos de todos os habitantes, sem distinção de religião ou raça no domínio político, religioso e nacional e sem dominação ou sujeição."

E se assim não fosse, ia Lizza pensando, *de que nos teria valido tanto sofrimento?* Responder à discriminação com discriminação, pagar a intolerância com a intolerância, indignidade com indignidade seria trair aquele mesmo ideal de humanidade e elevação por que tanto temos padecido.

Isso ela ia monologando a caminho do consultório médico. Desde a última recaída, tivera de abandonar a escola. Agora mantinha-se com tarefas avulsas, mas, mesmo isso se lhe tornava dia a dia mais difícil. Um triste pressentimento pairava em seu espírito. Ia, afinal, saber a verdade. Aliás, há muito, já, suspeitava. Mas, paradoxalmente, à medida que a dúvida se ia transformando em certeza, uma serenidade muito grande apoderava-se dela. *Serenidade?*, ainda pensou. *Não*. Era, antes, um embrutecimento tão denso, como se ela se estivesse transformando numa rocha.

Seguiu-se o que esperava. Vestiu o avental branco e foi conduzida para a sala de raios X. O médico ainda fez por atenuar o choque, dizendo que não haveria de ser nada. Ela se restabeleceria.

— Simples questão de tempo, afirmava.

Lizza nem o escutava mais. Já ouvira o essencial. Depois de vestida, acertou o dia de sua internação, pagou e saiu.

Uma vez na rua, permaneceu algum tempo parada, contemplando o movimento do tráfego. O dia estava claro e seco. Era um límpido dia de verão. Ergueu os olhos para o céu e contemplou o azul intenso, sem uma nuvem. Mas a vista lhe ardia, a alma lhe ardia. Entrou em casa, o corpo pesado e uma imensa sede de ternura. A solidão lhe pesava, o fardo da vida lhe pesava. Queria chorar, mas não podia. Então, para passar o tempo, pôs-se a arrumar as coisas. Não queria pensar no que lhe reservava a vida no hospital, nem como a suportaria, nem por quanto tempo aquilo se prolongaria. O que importava agora era partir.

*

Os primeiros dias de sanatório foram difíceis. Toda contenção em que se entrincheirara nos dias que os precederam repentinamente cedeu, como o degelo. O tempo também havia mudado. Chovia e ventava continuamente. As noites eram longas, intermináveis, povoadas de dores e de espectros. Sentia-se literalmente perdida.

Só com o decorrer do tempo o desespero se foi transmutando numa certa tranquilidade — tranquilidade feita de sem esperanças. Era só a conformação, e o silêncio, um silêncio que lhe ia lavando todos os recantos do ser, ampliando a compreensão, apagando desejos e cuidados.

Gradativamente, começou a frequentar o refeitório e o jardim, e a interessar-se pela sorte dos outros doentes. Seu mundo se havia apequenado, restrito ao limitado âmbito do sanatório.

Aos poucos, porém, sobreveio a vontade de ler e de pôr--se de alguma forma em contato com o mundo lá de fora. Pediu jornais, e obteve permissão para ouvir o noticiário radiofônico. E esse noticiário era ainda de guerra. Guerra civil na China, guerra na Grécia, insurreições na América Latina, e agitações e tumultos na Palestina.

Sucediam-se os choques armados entre judeus e soldados britânicos, enquanto os árabes, açulados pelo ex-*mufti*, agora trasladado para a fronteira da Palestina, ameaçavam com a guerra santa. A Liga Árabe, presente inglês aos muçulmanos, ameaçava com represálias qualquer progresso nos trabalhos de reedificação na Terra Santa.

"Toda a história de *Eretz* Israel", declara por sua vez Bevin, "desde que foi dado o Mandato, é uma permanente controvérsia entre duas raças". Nisto resume ele a obra sionista durante os longos e penosos 25 anos de saneamento e de produtividade na Palestina.

E também prossegue a velha política de "dividir para reinar".

"Nem todos os judeus desejam ir a *Eretz* Israel", declara, como se isso já não fosse sobejamente conhecido e pudesse constituir obstáculo à recuperação de uma pátria para os judeus que continuavam encarcerados nos campos de concentração da Europa e de Chipre. E acrescenta: "Os autores da Declaração Balfour nada sabiam, não tomaram em consideração a existência dos árabes"... e exortando os judeus para que permaneçam na Europa para "dar os benefícios de seu gênio à civilização europeia".

"[...] e mais sangue, vale dizer", acrescenta Weizmann. Dar os benefícios de seu gênio à civilização europeia, depois que, de um lado, os exterminavam os nazistas, e, de outro, o britânico Documento Branco lhes vedava o caminho à salvação...

"Mandaram-nos esperar durante a guerra. O mundo tinha muito mais de que se ocupar. Mandam-nos esperar agora. Que os sobreviventes continuem apodrecendo nos campos de concentração ou voltem para os países onde outrora tiveram lar, mulher, pais e filhos, cujo tormento eles próprios tiveram muitas vezes que presenciar", clama Weizmann.

Grandes derrotas seguiam-se a esses acontecimentos para Lizza, confinada na sua segregação. Como ser humano, sua consciência se rebelava; como partícula de um povo continuamente sacrificado e vilipendiado, custava-lhe continuar a crer. Custava-lhe até mesmo continuar a viver.

Submetia-se ao tratamento com docilidade e, parece, a enfermidade apenas estacionara. Não havia indício de restabelecimento próximo, porque lhe faltava entusiasmo. Tudo lhe mentia. Tudo falhava. Não obstante, continuava a viver e a presenciar.

De súbito os acontecimentos começaram a suceder-se aceleradamente: tumultos e novos choques armados, a prisão de líderes judaicos, a decretação da lei marcial e o policiamento das praias da Palestina.

A independência da Transjordânia, com a violação da integridade territorial da Palestina e a infringência das disposições da Carta das Nações Unidas, constituiu novo e rude golpe. O governo britânico recomenda a dissolução da *Haganá*, enquanto as providências para a solução do problema judaico se limitam à nova Comissão de Inquérito sobre a Palestina, e a um plano de fideicomisso de cinco anos, em substituição ao mandato.

Por fim, é nas mãos da Organização das Nações Unidas que os judeus depositam as esperanças que alimentaram durante milênios.

Entretanto, como já antes demorara em chegar o término da guerra, oscilando entre inúmeros avanços e retrocessos, entre derrotas e vitórias, assim continua a arrastar-se a solução do problema judaico. Inquéritos demorados e reticentes. Planos sobre planos; propostas e contrapropostas. O triste episódio do *Exodus*, vagando pelos mares, contrastava pateticamente com as expressões de simpatia e humanitarismo.

*

A vida fora mais forte. Depois de 18 meses de reclusão e de tormento, Lizza teve alta. Fez a mala e empreendeu a viagem de retorno.

A manhã era fresca e brilhante. No ar elevava-se aroma da terra e de flor. A cada parada do trem, ouvia-se o silêncio matizado de canto de pássaro. E aroma, sons e luz entrelaçavam-se misteriosamente num só sentido de harmonia, num mesmo prolongamento de beleza. O homem e a terra, e todos os seres viventes, movimentavam-se, aos olhos de Lizza, em órbitas coordenadas por leis imutáveis, num sentido transcendente. Havia uma determinação em cada força viva do universo, e, na sua linguagem simples e eterna, cada árvore, cada pássaro, cada flor cantava o milagre da vida.

Mas, de que modo repercutia essa linguagem na compreensão dos homens? E até onde ia o respeito do homem pelo homem, e a sua prosternação ante a grandeza do universo e a magna força criadora?

Aquele que destrói uma vida é como se tivesse destruído o mundo. E aquele que salva uma vida é como se tivesse salvado o mundo.

Havia, pois, que empreender o retorno às verdades puras e simples, aos preceitos que primeiro tiraram o homem da barbárie e lhe abriram o amplo caminho à civilização, se a humanidade não quisesse tornar a mergulhar nas trevas e no caos.

*

Agora aquilatava bem as lutas que se seguiriam aos acontecimentos de Lake Success, e media com bastante seriedade as densas nuvens que ainda haveriam de encobrir por longo tempo os horizontes de toda a humanidade.

Mas o poder da luz é mais forte do que o das trevas. Sob a pesada crosta de egoísmo e de cegueira, pulsava no homem aquela centelha generosa e pura, o lume que lhe incutia intuição e discernimento para orientar-se na larga estrada da vida.

— A Carta do Atlântico. As promissoras Quatro Liberdades...

Demasiado longo fora o caminho a percorrer até essas conquistas. A humanidade não haveria, agora, de impedir que essas promessas se transubstanciassem em verdades, em grandes e compensadoras messes de direito e de justiça.

GLOSSÁRIO

Barin — Russo. Dono de terras.

Beit-Hamidrach — Hebraico. Casa de estudos religiosos.

Bejentzy — Russo. Fugitivos. Emigrantes.

Fen vonen is a yid? — "De onde é um judeu?" Tradução literal da expressão tipicamente judaica, a indagar, de modo respeitoso, a origem de alguém.

Galut — Hebraico. Exílio.

Goy — Não judeu, na expressão popular.

Guite Nakht — Iídiche. Boa noite. (Leia-se o *kh* como o *j* espanhol, *i.e.* aspirado.)

Hagadá — ou seja: "narração", em hebraico. Livro escrito no séc. XIII; devido à sua linguagem simples e comovente, tornou-se muito popular na literatura hebreia.

Em forma de antologia, apresenta um esquema da origem do judaísmo, culminando com o Êxodo do Egito.

Halutzim — Hebraico. Pioneiros. (Singular: *halutz*.)

Hassidim — (Singular: *hassid*.) Judeus piedosos. O hassidismo é uma seita judaica surgida no século XVIII na Ucrânia, sul da Rússia.

Isbá — Russo. Casa de camponeses.

Ivan — Nome russo, designativo comum de não judeu.

Kadisch — Hebraico. Oração que deve ser feita pelo parente mais próximo durante um ano após o óbito e nos aniversários de falecimento, mas nem uma palavra do *Kadisch* faz alusão à morte. Nele se expressa tão somente a submissão a Deus e a glorificação de Seu nome.

Kalatshi — Russo. Pão branco, de massa especial.

Keriá — Hebraico. Nas roupas dos filhos e do cônjuge sobrevivente pratica-se um pequeno corte em sinal de luto.

Kharosset — Hebraico. Mistura de maçãs e nozes moídas, canela e vinho; sua cor lembra a argamassa com que os judeus, durante o cativeiro no Egito, preparavam os tijolos para a construção das fortalezas de Pitom e Ramsés.

Kibutz — Hebraico. (Plural: *kibutzim*.) Comunidade agrícola e industrial.

Korbanot — Hebraico. Referência ao cordeiro que se sacrificava antigamente na Páscoa, simbolizado, com o decorrer do tempo, por um assado, geralmente uma ave.

Main inguer man — Iídiche. Tratamento cortês, ao dirigir-se a um jovem. Tradução literal: meu jovem homem.

Maror — Hebraico. Ervas amargas, ou raiz-forte, para rememorar a amargura dos judeus em cativeiro no Egito.

Matzot — Hebraico. Pães ázimos que os judeus comem durante os oito dias da Páscoa judaica, em comemoração ao Êxodo do Egito.

Melamed — Hebraico. Professor.

Menorá — Hebraico. Candelabro de sete braços, reprodução do que figurava no Tabernáculo itinerante e, mais tarde, no Primeiro e no Segundo Templos.

Mitzvá — Hebraico. (Plural: *mitzvot*.) Dever. Em vez da caridade, o judaísmo impõe a prática da *mitzvá* como uma exigência da *tzedaká* — justiça —, em observância aos mandamentos contidos no Pentateuco.

Mujik — Russo. Camponês.

Nagaica — Russo. Espécie de chicote.

Pessakh — Hebraico. Páscoa. Significa passagem. O sentido para os judeus é: passagem da escravidão para a liberdade. Simboliza a eterna ânsia por liberdade, a esperança da redenção e a gratidão a Deus. Implica também em mandato de humanitarismo e de bondade para com os oprimidos e necessitados.

Pop — Russo. Sacerdote.

Seder — Hebraico. A ceia familiar das primeiras duas noites da Páscoa judaica.

Schalom Aleikhem — Hebraico. A paz seja convosco.

Schivá — Hebraico. Os sete dias de luto que se seguem ao enterro.

Schófar — Hebraico. Chifre de carneiro que serve de heraldo. Esse símbolo e o seu som recordam aos judeus cenas de Canaã, onde seus mais remotos antepassados eram pastores; evocam as tantas ocasiões em que o *Schófar* chamou os israelitas à luta por sua pátria, e o dia solene em que, precedida por seus sons, foi. Num campo mais limitado no presente, nas solenidades do Ano-Novo e ao finalizar-se o ofício de *Yom Kipur*, representa o toque de clarim para as consciências judaicas.

Shabat — Hebraico. Sábado. O dia santificado de descanso. Na doutrina religiosa judaica, recorda o ritmo da criação divina do universo.

Shokhet — Hebraico. Pessoa encarregada pela autoridade rabínica de abater os animais destinados ao alimento segundo os preceitos judaicos, de modo a que a morte do animal seja o menos dolorosa possível.

Spokoinaia notsch — Russo. Boa noite.

Takhrikhim — Hebraico. Mortalha de linho virgem.

Talit — Hebraico. Manto ritual que os judeus usam durante as orações.

Talmud — Hebraico. Em sentido genérico, livro que contém a Lei e as tradições judaicas. O Talmud consiste em duas partes distintas: a *Mishna* (o primeiro código judaico de leis, desde a Torá) e a *Guemará*, que por sua vez subdivide-se na Babilônia e na Palestina.

Tefilin — Hebraico. Filacterias. Caixinhas de couro que contêm versículos do Pentateuco.

Telega — Russo. Carro grande, de quatro rodas.

Torá — Hebraico. O Pentateuco. A *Torá* representa um conjunto particular de escrituras que incluem a Bíblia e a literatura rabínica.

Tsitsis — Hebraico. As franjas do *talit*. São feitas em observância às prescrições bíblicas "Para que vos lembreis de todos os meus mandamentos, para pô-los em prática" (Num. xv, 40).

Tzadik — Hebraico. (Plural: *tzadikim*.) Homem justo, virtuoso.

Yeshivá — Seminário judaico.

Yom Kipur — Hebraico. O dia do perdão.

Yomim Norain (em iídiche), *Yamim Noraim* (em hebraico) — Os dias de festividades religiosas que se iniciam com o Ano-Novo judaico (no outono). São destinados a colocarem o indivíduo perante o duplo tribunal: de Deus e de sua consciência.

Yomim Tovim (em iídiche), *Yamim Tovim* (em hebraico) — Denominação genérica para todos os "Bons Dias" de celebrações religiosas.

Este livro foi impresso nas oficinas da
DISTRIBUIDORA RECORD DE SERVIÇOS DE IMPRENSA S.A.
Rua Argentina, 171, Rio de Janeiro, RJ
para a
EDITORA JOSÉ OLYMPIO LTDA.,
em março de 2024.

*

93º aniversário desta Casa de livros, fundada em 29.11.1931.